삶도 일도
행복한
직장인입니다

삶도 일도 행복한 직장인입니다

발행일	2020년 9월 16일

지은이	조상무		
펴낸이	손형국		
펴낸곳	(주)북랩		
편집인	선일영	편집	정두철, 윤성아, 최승헌, 이예지, 최예원
디자인	이현수, 한수희, 김민하, 김윤주, 허지혜	제작	박기성, 황동현, 구성우, 권태련
마케팅	김회란, 박진관, 장은별		
출판등록	2004. 12. 1(제2012-000051호)		
주소	서울특별시 금천구 가산디지털 1로 168, 우림라이온스밸리 B동 B113~114호, C동 B101호		
홈페이지	www.book.co.kr		
전화번호	(02)2026-5777	팩스	(02)2026-5747

ISBN	979-11-6539-390-8 03810 (종이책)	979-11-6539-391-5 05810 (전자책)	

이 도서의 국립중앙도서관 출판예정도서목록(CIP)은 서지정보유통지원시스템 홈페이지(http://seoji.nl.go.kr)와
국가자료공동목록시스템(http://www.nl.go.kr/kolisnet)에서 이용하실 수 있습니다.
(CIP제어번호: 2020039043)

일과 삶의 조화를 이끌 명쾌한 제안 45

삶도 일도
행복한
직장인입니다

조상무 지음

★Point

직장생활이 잘 풀리지 않아 고민하는 후배들에게
30년 프로직장러가 전하는 직장인 처세술 45가지.

한글과 영어로 동시에 읽는 4차 산업혁명 시대의
직장학개론!

북랩 Lab

유능한 직장인이 돼라!

/

변화를 따라가기도 벅찬 시대에 직장인 여러분은 그저 바쁜 일상생활에 끌려다니는 기분이 들지는 않는가? 가족과 함께하는 시간이 부족해 가족에게 미안함을 갖고 있지는 않은가?

사실 직장에서 성취감을 맛보려면 하고 싶은 일을 잘하면 된다. 또한 가정에서의 행복을 느끼려면 가족 구성원과 화목한 분위기에서 잘 지내면 된다. 그러나 일과 생활 간에 균형을 갖는 것은 매우 어렵다.

미국 작가인 루이스 분(Louis E. Boone)에 따르면 사람은 죽기 전에 세 가지 후회하는 말을 남기고 떠난다고 한다. "할 수 있었는데", "했을지도 모르는데", "해야 했는데"라고 말이다. 좋은 계획을 세우고 목표를 정하여 나아가지만 그것을 모두 달성할 수 없는 것이 현실이다.

저자는 대학에서의 전공과 전혀 관계없는 회사에서 30년째 직장 생활을 하고 있다. 경영 컨설팅, 기업 신용 평가, 금융 심사, 사업 기획 등 다양한 업무를 경험해 왔다. 수년간 지점장으로 일하면서 따뜻한 리더십을 발휘하여 우수한 성과를 올린 사례도 있다. 직원들의 애로 사항이나 의견에 공감하면 할수록 더 많은 보람을 얻었다.

이 책은 저자가 30년 동안 직장 생활을 하면서 겪은 사례와 지식, 삶의 지혜 등을 바탕으로 일, 자기 관리, 가정, 사회 등의 영역에서 일어나는 문제들에 대한 간단한 해법에 중점을 두었다. 이 책은 평범한 일상생활에 지쳐 있는 직장인의 성장과 행복을 위한 주제들로 구성되었다.

사람들은 더 나은 삶을 살고 싶어 하고, 스스로 주도하는 자율적인 인생을 살고 싶어 한다. 행복한 인생을 살아가려면 일, 자기 관리, 가정, 사회 등 네 가지 영역에서 균형 있는 구조를 갖추어야 한다. 한 가지 영역이라도 부족하면 인생 목표의 달성은 어려워진다. 사실 모든 영역에서 성공하는 것이 얼마나 어려운 일인가!

저자는 일과 나머지 삶의 영역이 어떻게 상호 작용하는지를 지난 수년간 탐색해 왔다. 그렇게 해서 실제 경험과 지식, 삶의 지혜 등을 바탕으로 영역별 해법을 제시했다. 그러므로 이 책은 토론용이나 과제용, 기획용으로도 사용할 수 있다.

또한 일과 개인적 삶을 조화시키는 방법을 명확하게 제시했으므로 직장인에게 큰 도움이 되리라 확신한다. 여러분이 개인적으로 더 풍요로운 삶을 살면서 더 유능한 직장인이 되기를 소망한다.

Preface

Become a capable employee!

/

We live in an era where it is hard enough just to keep up with change. Doesn't it feel like you are being dragged along by your busy daily life? Don't you feel sorry to your family because you don't spend enough time with them?

In fact, to get a taste of accomplishment at work, you just need to be good at what you want to do. Also, if you want to feel happy at home, you just need to get along well with family members in a harmonious atmosphere. However, it is very difficult to balance work and life.

According to the American author, Louis E. Boone, people leave behind three regrets about their lives before dying: "could have, might have, and should have." Everyone makes good plans and sets goals. Although they continuously drive forward, the reality is that these plans and goals are difficult to achieve.

I have been working for over 30 years in a company that has nothing to do with my college major. I have experienced a variety of tasks including management consulting, corporate credit evaluation, financial screening, debt collection, and business planning. I also have experienced working as a branch manager for many years, showing warm leadership and producing excellent results. The more I empathized with the employees' difficulties and opinions, the more rewarded I felt.

This book focuses on simple solutions to problems that arise in such areas as work, self-care, family, and society, based on examples, knowledge, and wisdom of life that I have experienced in 30 years as an office worker. This book is composed mainly of topics for the growth and happiness of office workers who are exhausted from their ordinary daily life.

People want to live a better life, a self-directed autonomous life. To live a happy life, you need to have a balanced structure in four areas: work, self-care, family, and society. Lack of even one area makes it difficult to achieve the overall goal of life. In fact, it is extremely difficult to succeed in all areas!

For the past several years, I have been exploring how work

interacts with the rest of my life. In doing so, I have proposed a solution for each area based on my actual experience, knowledge, and wisdom of life. Therefore, this book can be used for discussions, assignments, or projects.

In addition, since I clearly provided a way to harmonize work and personal life, I am sure that this book will be of great help to office workers. I hope you personally live a richer life and become a more capable employee.

목차(Table of contents)

 1장 머물고 싶은 일터 - 일

2장 말보다 실천 - **자신**

3장 내 삶의 안식처 - 가정

4장 더불어 살기 - **사회**

Chapter 1

A workplace where you want to stay - Work

Chapter 2

Actions rather than words - Self–care

Chapter 3

The haven of my life - Home

Chapter 4

Living together – Society

머물고 싶은 일터

/

일

1.
일과 삶의 균형을 추구하자

　일과 삶의 균형은 직장, 가정, 그리고 개인 생활의 요구가 균등한 상태를 의미한다. 이는 급변하는 시대에 점점 더 중요해지고 있다. 일과 삶의 균형이 이루어지면 직원은 회사의 생산성을 향상시킬 수 있고 충분한 휴식을 얻을 수 있기 때문이다. 그럼 일과 삶의 균형이 요구되는 시대에 당신의 조직을 어떻게 이끌어 가야 하는가?

　우선 일과 개인 시간의 유연한 배분에 집중하라. 회사 여건과 직원이 처한 상황에 맞게 근무 시간을 유연하게 조정한다면 일과 개인 시간의 적절한 균형이 가능하다. 요즘 젊은 세대는 대부분 직장에서 중요한 역할을 수행하고 있다. 그들은 공적인 생활보다 개인적인 생활에 더 많은 가치를 두는 특성이 있다. 따라서 직원이 회사의 업무 계획에 자율적으로 적응하도록 근무 분위기를 조성하고 회사는 그들에게 일의 방향을 명확하게 제시한다면 그들도 개인 생활을 충분히 보장받는다. 우리 회사는 특별한 상황을 제외하고는 52시간 근무제를 준수하여 직원의 일과 삶의 균형을 지원하고 있다.

　둘째, 직원들이 재미있고 행복하게 일할 수 있도록 개인적인 수

준의 다양한 지원을 아끼지 말라. 우리 회사는 직원의 다양한 니즈를 감안하여 시간 단위 휴가 제도를 시행하고 있는데, 직원들의 반응이 좋다. 또한, 대부분의 회사는 남녀 구분 없이 6개월 동안 유급 출산 휴가를 사용하도록 독려한다.

마지막으로, 변화된 조직 문화를 통해 생산성과 효율성을 극대화하라. 투명성, 다양성, 그리고 수평적 네트워크와 같은 조직 문화가 창의적인 협력을 실현하게 하기 때문이다. 우리 회사는 자율, 창의, 활기, 당당함과 같은 조직 문화 지수를 활용하여 그 수준을 평가한다.

결론적으로 일과 삶의 균형은 조직 성장과 개인 행복을 이루는 데 가장 중요한 수단이다. 조직 발전이 개인의 행복을 통해 이루어지기 때문에 회사의 리더는 위에서 말한 세 가지 방법을 꾸준하게 실천하길 바란다.

2.
계획이 없는 목표는 소망일 뿐이다

경영 목표는 회사의 사업 방향을 실현하고 조직을 유지하기 위해 세워야 할 계획을 말한다. 그 목표는 구체적이고, 측정 가능하며, 달성 가능한 것이어야 한다. 대부분의 회사는 매년 경영 목표를 세우고, 모든 직원은 이를 달성하기 위해 노력한다. 따라서 조직 구성원이 경영 목표를 원활히 달성할 수 있도록 그들이 마음에 드는 업무 환경을 만들어 줘야 한다. 경영 목표를 효과적으로 달성하기 위한 방법은 무엇일까?

먼저, 구체적인 계획을 세우게 하라. 계획은 조직 구성원이 여러 분야의 목표를 더 쉽게 달성하게 한다. 게다가 구성원은 과업을 완료하고 목표를 달성하기 위해 무엇을 해야 할 것인가를 정확히 알아야 한다. 예를 들면, 우리 회사의 상세한 성과 지표가 발표될 때 나는 구성원에게 전체 회의를 하게 해서 경영 목표를 효과적으로 달성할 수 있도록 구체적인 계획을 세우게 한다.

둘째, 일을 함께 잘하게 하라. 구성원이 목표를 쉽게 달성할 수 있는 환경을 만들어 줘야 한다. 나는 목표를 합리적으로 배분함으로써 각 팀이 목표를 초과 달성하도록 독려한다. 또한, 직원이 목표를 달성하는 데 어려움이 있다면 함께 토론하여 문제들을 해결하게 한다.

마지막으로, 서로 존중하게 하라. 목표를 달성하기 위해서는 조화와 협력이 필요하기 때문이다. 협력은 구성원이 그들의 과제를 성공적으로 끝낼 수 있게 한다. 만약 구성원이 상대방의 입장에서 일하고 소통한다면 그들이 원하는 것보다 더 좋은 결과를 얻을 것이다.

경영 목표가 조직을 유지하는 중요한 요소이므로 구성원은 목표를 효과적으로 달성하기 위해 노력해야 한다. 리더는 조직 목표를 쉽게 달성할 수 있도록 다음과 같은 세 가지 업무 환경을 만들어 줘야 한다.

- 구체적인 계획을 세우게 하라!
- 일을 함께 잘하게 하라!
- 서로 존중하게 하라!

이를 통해 조직 구성원이 회사의 발전과 자신의 성장을 위해 주어진 경영 목표를 효과적으로 달성할 수 있길 바란다.

3.
긍정적 인간관계를 만들자

인간관계는 두 사람 이상이 서로 느끼고 소통하는 행동방식이라고 한다. 조직관리 관점에서 인간관계는 생산성과 밀접한 관계에 있다. 그것은 조직의 경쟁력에도 영향을 미친다. 그러므로 직장 동료와 긍정적 관계를 형성하는 것은 매우 중요하다. 긍정적 관계의 효과는 다음과 같다.

먼저, 회사 동료 간에 협력을 강화해 준다. 보통 직장인은 하루 8시간을 함께 보내고, 일은 대부분 팀워크로 이루어진다. 업무량이 많을 때는 시간 외 근무도 한다. 만약 팀의 한 명에게 업무량이 편중되면 일하는 분위기가 삭막해지고, 이는 팀의 목표 달성에도 큰 영향을 미친다. 따라서 팀 구성원은 서로 도우며 일해야 한다.

둘째, 구성원이 상호 존중과 이해 속에서 일하게 한다. 이를 통해 일과 관련한 문제를 해결할 때 물 흐르듯이 소통할 수 있다. 우리 회사는 상·하반기에 한 번씩 직원 정기 면담 프로그램을 운영하고 있다. 이는 리더가 구성원과 상담하면서 그들의 고충 사항, 업무 만족도 등을 이해하는 계기가 된다.

마지막으로, 우호적 근무 환경을 만든다. 그러므로 직장인은 일터에서 편안한 마음으로 일을 잘할 수 있다. 나의 경우, 구성원 간 즐거운 근무 분위기를 위해 간식 모임을 자주 갖곤 했다.

결론적으로 긍정적 인간관계는 직장에서 무엇보다 중요한 요소이다. 동료끼리 잘 지낼수록 그들은 더 협력하고 존중하며 친밀해진다. 여러분의 일터에서 긍정적 인간관계가 번창하길 기대한다.

4.
행복은 일과 삶의 조화에서 온다

급변하는 시대에 대부분의 직장인은 할 일이 많음에도 불구하고 일과 삶의 조화를 추구한다. 단지 균형의 차원을 넘어 그것들의 조화는 우리에게 큰 만족과 행복을 준다. 바쁜 일상 중에도 직장인이 일과 삶의 조화를 실천할 수 있는 몇 가지 아이디어가 있다.

먼저, 일에 의미를 부여하라. 우리는 일터에서 하루 8시간을 보낸다. 때때로 과중한 업무에 스트레스를 받는다. 그러므로 일의 만족을 위해서는 일에 의미를 부여해야 한다. 나의 경우, "우리는 고객에게 성장의 기쁨과 성공의 희망을 준다."라는 것을 직원에게 자주 강조한다.

둘째, 가치관을 확립하라. 가치관은 무엇이 좋고, 옳으며, 바람직한가를 판단하는 기준이다. 사람마다 가치관은 서로 다르다. 상황에 맞게 가능한 빨리 자신의 가치관을 정립한다면, 그것은 결국 우리에게 삶의 기쁨을 줄 것이다. 나의 삶에 대한 가치관은 "삶 자체를 즐기자"이므로 직원과 매일 긍정적 관계를 유지하면서 즐거운 일들을 함께 나누고 있다.

마지막으로, 보람 있는 삶을 추구하라. 그것은 일을 창의적으로 처리하여 생산적인 결과를 얻도록 노력하는 것을 의미한다. 나는 일을 할 때 유연하고 독창적이며 열린 마음을 가진 업무 방식을 실천하고 있다.

결론적으로 우리는 행복을 위해 일과 삶의 조화를 추구한다. 자신의 조화로운 삶을 위해 일에 의미 부여, 가치관 확립, 그리고 보람 있는 삶의 추구 등을 꾸준하게 실천하길 진심으로 바란다.

5.
지금 하는 일이 미래를 좌우한다

모든 회사에는 본연의 역할이 있다. 역할은 '사람 또는 사물이 어떤 특별한 상황에서 해야 할 일'로 정의된다. 회사 구성원은 조직의 지속 가능한 성장을 위해 연간 계획을 세워 고유의 역할을 충실히 이행하고 있다.

A 회사의 경우를 보자. 담보가 부족한 유망 중소기업에 다양한 금융 보증을 지원함으로써 균형된 국민 경제 발전을 이끄는 데 중요한 역할을 하고 있다.

먼저, A 회사는 선도적 정책 수행 기관으로 중소기업을 한국 경제의 중심으로 이끌어 가고 있다. 한국 경제는 지금 저성장 국면에 있다. 미·중 무역 갈등의 불확실성과 대기업 중심 성장 구조의 한계에 직면해 있다. 그러므로 A 회사는 창의적인 아이디어와 경쟁력 있는 기술을 가진 혁신적인 창업 기업을 적극적으로 지원하여 유망한 기업을 세계적인 기업으로 키워 나가야 한다.

또한, A 회사는 일과 삶의 균형을 갖춘 행복한 직장을 만들어 가고 있다. 조직이 직원을 행복하게 하면 그들은 성장 잠재력을 갖춘 중소기업을 적극적으로 지원하기 위해 최선을 다할 것이다.

대부분의 직장인은 지금 회사 본연의 역할을 충실히 수행하고 있다. 앞으로도 회사의 성장과 자신의 행복을 위해 회사 본연의 역할을 지속해서 수행해 나가길 바란다.

6.
리더십도 변화한다

훌륭한 리더의 주요 특징 가운데 하나는 변화하는 환경에 잘 적응하는 능력을 갖췄다는 것이다. 또한 그들은 동기 부여, 권한 위임, 존중과 같은 리더십 역량을 지속해서 추구한다. 급변하는 시대에 당신의 조직을 효율적으로 운영하기 위한 리더십 역량이 여기 있다.

먼저, 자존감을 키워라. 자존감은 '당신 자신의 능력과 가치를 인정하는 믿음과 자신감'을 의미한다. 그것은 당신이 속해 있는 조직을 더 효율적으로 이끌기 위한 중요한 요소이다. 조직의 성공과 실패는 리더의 자존감에 달려 있기 때문이다.

둘째, 구성원을 존중하라. 상호 인정은 과업의 실행에서 시너지를 발생시킨다. 상호 존중은 보통의 경우보다 더 많은 성과를 얻을 수 있다. 그것이 없다면 직원과 리더 사이에 갈등을 불러올 뿐이다. 그러므로 당신은 구성원의 의견을 주의 깊게 듣고 일방적 결정을 하지 않아야 한다.

마지막으로, 팀 리더에게 권한을 위임하라. 당신이 그들을 믿는다면, 그들은 임무를 완수하기 위해 최선을 다할 것이다. 신뢰할 수 없는 리더 아래서는 아무도 성장할 수 없다. 나는 조직을 효율적으로 운영하기 위해 팀 리더에게 권한을 위임해 왔다. 마침내 2018년 하반기 경영성과 평가에서 놀랄 만한 결과를 얻었다.

결론적으로 리더십 역량은 당신에게 놀라울 만큼 성공적인 결과를 가져다주므로 조직 경영에 매우 중요한 요소이다. 당신이 속한 조직의 지속 성장을 위해 자존감을 키우고 구성원을 존중하며 권한을 위임할 수 있길 희망한다.

7.
업무 성과를 극대화하자

성과는 직장에서의 평가와 밀접한 관련이 있다. 일의 성과는 일을 한 수준이나 결과를 의미한다. 좋은 결과는 구성원에게 일에 대한 만족과 보람을 가져다주므로 리더는 일의 성과를 극대화하도록 노력해야 한다. 조직 성과를 극대화하는 두 가지 리더십 역할은 다음과 같다.

우선, 구성원이 일에서 시너지를 낼 수 있는 환경을 구축하라. 전문가에 따르면, 높은 성과를 내는 그룹은 많은 토론과 상호 작용을 한다. 그리고 구성원의 의견이 무엇이든 그것에 어떤 불이익도 없다는 심리적 안정을 제공한다. 친밀한 인간관계가 공동 목표를 달성하는 데 중요한 수단이기 때문이다. 나는 성과 평가 회의에서 그들이 문제 해결 방법을 찾을 때까지 가능한 많은 토론을 하도록 독려한다.

이 밖에도 구성원이 유연성과 적응력을 키우게 하라. 변화는 어떤 시대에나 존재하는 자연 현상이다. 또한, 미래에 어떤 경쟁력이 필요할지 예측하는 것은 어려운 현실이다. 따라서 구성원이 어떤 어려움에 직면할 때, 그들은 서로 협력하고 상황에 유연하게 적응해야 한다. 평소에 나는 구성원이 경영 전략, 재무 관리, 경제 문제와 같은 업무 연수를 온·오프라인으로 학습하도록 장려한다.

결론적으로 조직 성과를 극대화하려면 두 가지 리더십 역량이 필요하다. 리더는 효율적인 업무 환경을 만들고 구성원이 유연성과 적응력을 키우도록 해야 한다. 구성원이 자신의 경쟁력을 두 배로 끌어올려 급격한 변화에 적극적으로 대응해 나가길 희망한다.

8.
회사는 가격보다 품질을 중시해야 한다

최근 뉴스에서 한국 회사의 수익성이 매년 떨어지고 있다고 한다. 높은 인건비로 인한 가격 경쟁력의 상실, 낮은 성장으로 인한 소비 감소 때문이다. 이윤은 어떤 것을 구매하거나 생산하는 비용 이상으로 팔아 얻는 금액을 의미한다. 그러면 회사는 이윤을 극대화하기 위해 어떻게 해야 하는가?

우선, 가치를 창출하라. 사실 고객이 원하는 것에는 상품이나 서비스뿐만 아니라 가치도 있다. 고객이 지급하는 금액보다 더 많은 가치를 얻을 수 있도록 회사는 더 좋은 상품이나 서비스를 개발해야 한다.

둘째, 사업비를 최소화하라. 특히 사업 운영과 관계없는 간접 비용을 줄여라. 그럼에도 불구하고 교육 훈련과 연구 개발과 같은 지식 재산 축적 비용은 줄이지 말아야 한다. 이익은 총수입에서 총비용을 공제하고 남은 금액이다. 회사는 가능한 많은 이익을 남기기 위해 수익을 늘리면서 비용을 최소화해야 한다. 이익을 창출하지 못하면 회사는 성장을 지속할 수 없고 미래 사업에 자원을 투자할 수 없다.

마지막으로, 직원에게 동기를 부여하라. 동기 부여는 직원이 일을 잘하여 경영 목표를 달성하게 한다. 나는 직원의 성과에 대해 자주 칭찬하고 일 년에 두 번 정도 그들이 만족하는 식사를 하게 한다. 직원과의 정기 면담 프로그램을 활용하여 그들의 개인적인 고충 사항까지 들어 준다.

결론적으로 대부분 회사는 지속 가능성을 확보하기 위해 이윤을 추구한다. 수익이 좋은 회사는 직원에게 많은 보상과 일의 성취감을 준다. 회사는 더 많은 가치를 창출하고 비용을 최소화하며, 직원은 즐겁게 일할 수 있기를 희망한다.

9.
권한 위임을 실행하자

권한 위임은 부하 직원이 상사로부터 받은 일을 자율적으로 처리하기 위한 권한을 얻는 절차이다. 권한 위임을 제대로 활용하면 조직 문화를 활성화할 수 있고 수익성을 증가시킬 수 있다. 성공적인 권한 위임을 실천할 세 가지 방법이 아래에 있다.

먼저, 위임할 일의 내용을 명확히 하라. 일의 범위, 실행 기간, 이용 가능한 자원을 직원에게 명확히 안내해야 한다.

둘째, 부하 직원의 능력을 미리 개발하라. 상사가 그들의 강점과 약점을 안다면 그들에게 적합한 과제를 위임할 수 있기 때문이다.

마지막으로, 부하 직원의 자율성을 인정하라. 부하 직원은 상사의 승인 없이 일상 과제를 스스로 결정함으로써 일을 효율적으로 할 수 있다.

결론적으로 권한 위임은 회사에 지속 가능한 성장을 가져다주므로 상사는 이것을 적절히 활용해야 한다. 즉, 상사가 부하 직원에게 업무 범위를 명확하게 제시하고 그들의 능력 개발과 자율적인 업무 수행을 적극적으로 지원한다면 성공적인 권한 위임이 가능하다.

10.
스마트 워크를 지향하자

지금 우리는 스마트 워크를 지향하는 시대에 살고 있다. 스마트 워크는 우리가 일에서 얻는 성과와 만족도를 향상시키는 데 도움을 준다. 팀 구성원이 일을 효과적으로 할 수 있는 세 가지 방법이 있다.

먼저, 협력하라. 협력은 협동과 비슷한 의미이다. 그것은 과업을 완수하거나 목표를 달성하기 위해 둘 이상의 사람이나 조직이 함께 일하는 과정을 의미한다. 또한, 협력의 효과를 증가시키기 위해 리더는 팀 구성원의 능력을 고려한 균형 있는 조직 구조를 만들어야 한다. 나의 경우 팀 간 효과적 협력에 힘입어 2018년 하반기에 최고 성적인 S등급을 얻은 경험이 있다.

둘째, 항상 일의 진정한 의미를 기억하라. 팀 구성원은 왜 일을 하는지 알아야 한다. 팀 구성원이 일의 의미를 제대로 이해한다면 그들은 거기에서 강한 에너지와 동기를 발휘할 수 있다. 나는 종종 직원에게 "우리는 고객의 성장과 행복을 위해 일한다."라고 설명하곤 한다.

마지막으로, 일에 대한 정보를 공유하라. 팀 구성원은 일의 성과를 극대화하기 위해 조직의 역할, 전략, 그리고 상세한 업무 정보 등을 공유해야 한다. 공유 자체로 그들은 효과적인 의사 결정을 할 수 있다. 또한, 구성원 간에 일에서 느끼는 개인감정까지도 공유한다면 그들은 쓸데없는 감정싸움을 예방할 수 있다. 나는 구성원과 많은 업무 정보를 공유하기 위해 격주 수요일마다 성과 평가 회의를 개최한다.

결론적으로 회사 구성원은 업무 성과를 극대화할 수 있도록 위에서 말한 세 가지 방법을 실천해야 한다. 협력하라, 일의 의미를 기억하라, 그리고 정보를 공유하라!

11.
변화하기로 결심하자

최근 맥킨지(McKinsey & Company)는 혁신 도전자의 70% 이상이 실패한다고 말했다. 그럼에도 불구하고 LG그룹 구광모 회장은 기본적이고 새로운 변화를 위한 실행력을 높여야 한다고 회사 구성원에게 제안했다. 혁신 과정에 어떤 어려움이 있더라도 회사가 성장하기 위해서는 혁신이 필요하다. 여기에 진정한 혁신 기업이 되기 위한 세 가지 견해가 있다.

먼저, 깊은 변화를 추구하라. 깊은 변화, 말하자면 사업 구조의 근본적 혁신은 되돌릴 수 없는 철저한 변화를 의미한다. 그것은 외부로부터 간섭받지 않고 내부에서 일어나는 변화이다. SK그룹은 주요 도전 과제로 '깊은 변화'를 제시했다. SK이노베이션은 근본적 혁신을 통해 석유 에너지 외에도 전기차 배터리를 생산하고 있다.

둘째, 조직 운영의 모든 과정을 바꿔라. 새로운 가치를 창출하려면 사업 핵심 기법, 시장 접근 방법, 고객 관계 등을 근본적으로 바꿔야 한다. 혁신 전문가인 해리 로빈슨(Harry Robinson)은 기본적 혁신 측정 기법으로 재무성과, 직원 능력, 장기 지속 가능성과 같은 변화 지향 성공 기준을 제시했다. 예를 들어, 맥킨지는 새로운 가치 창출을 위해 데이터 분석, 디자인 사업을 영위하는 회사를 인수했다. 그 회사는 시간당 수수료가 아니라 성과와 연계된 컨설팅 요금을 받는다.

마지막으로, 실패 경험에서 배워라. 대부분 회사는 명확하지 않은 목표 설정, 약한 조직력, 그리고 톱-다운 경영 시스템 때문에 실패하는 경향이 있다. 그중에서도 과감한 판매 목표를 설정하는 것은 매우 중요하다. 목표는 구성원이 주어진 일에 최선을 다해야 목표를 달성할 수 있는 수준으로 설정해야 하기 때문이다. 이뿐만 아니라 가격 개선, 신상품 출시, 그리고 물량 확대 같은 정책은 회사의 매출과 이익이 지속적으로 늘게 한다.

결론적으로 진정한 혁신은 회사에 지속 가능한 발전을 제공한다. 혁신의 과정이 아무리 어려울지라도 회사는 새로운 변화에 있어서 실행력을 높여야 한다. 혁신에 끝은 없다. 회사가 근본적인 혁신과 실패 경험을 통해 급격한 변화에 잘 적응할 수 있기를 희망한다.

12.
어려운 경영 환경을 극복하자

최근 우리나라도 장기적인 경기 침체에 대한 우려가 더욱 커지고 있다. GS그룹 허창수 회장은 "국내 노령화 추세, 일본의 수출 규제, 그리고 미·중 무역 분쟁 장기화에 따라 세계 경제의 불확실성이 증가하고 있다."라고 임원 회의에서 구체적으로 언급한 바 있다. 따라서 경제는 우리의 삶에 깊이 관련되어 있으므로 어려운 경영 환경을 극복하는 방법을 논의할 필요가 있다.

먼저, 기본에 충실하라. 허 회장은 "기본이 바로 서면 길이 절로 생긴다."라는 논어의 구절을 인용하며 기본을 주장한다. 결국 우리 기업이 많은 어려움을 극복하려면 기본에 충실해야 하며 기본 역량을 강화하는 데 게을리하지 말아야 한다. 그룹 구성원이 성공 경험과 실패 사례를 축적해야 할 뿐만 아니라 함께 공유할 수 있는 제도나 절차를 창출해야 한다고 허 회장은 강조한다.

둘째, 다양한 시나리오별로 대응 전략을 수립하라. 허 회장에 의하면 우리 기업은 근거 없는 낙관론으로 기존의 행동 방식을 답습하지 말아야 한다. 또한, 한국 경제의 버팀목인 수출이 전년보다 많이 줄어들고 있더라도 지나친 비관론에 빠져 위축되지도 않아야 한다. 그러므로 우리 기업은 자신감 있고 능동적인 자세로 이러한 불확실성에 적극적으로 대응해 나가야 한다.

마지막으로, 사업 포트폴리오를 강화하라. 업계 뉴스에 따르면 GS칼텍스는 휘발유, 액화 프로판 가스, 그리고 전기를 한 곳에서 충전할 수 있는 종합 가스 저장소를 운영하고 있다. 또한 GS리테일은 밀레니얼이 주로 이용하는 전동 킥보드를 위한 개인용 이동성 플랫폼을 관리하고 있다.

결론적으로 현대 경제는 일상적 삶에 심각한 영향을 미치므로 기업은 어려운 경영 환경을 극복할 방법을 찾아 실행해 나가야 한다. 국내 회사가 기본에 충실하고 급격한 변화에 대한 대응 전략을 철저히 수립하고 사업 포트폴리오를 강화하여 불확실한 경영 환경을 극복해 나갈 수 있기를 희망한다.

13.
생각할수록 좋은 기획서가 나온다

기획은 일을 어떻게 할 것인가를 생각하고 결정하는 행위를 말한다. 기획가는 제안서의 시행을 통해 성취감을 얻는 경향이 있다. 다음은 좋은 기획가가 되기 위한 다섯 가지 방안이다.

먼저, 글쓰기 능력을 길러라. 이는 내용을 파악하고 순서대로 정리하는 능력을 의미한다. 좋은 작문 능력은 상대방에게 설득력 있는 논리를 제시해 준다.

둘째, 자료 조사 능력을 키워라. 이는 어떤 자료를 수집하고 이용하는 능력을 말한다. 제안서의 가치는 기획가의 조사 수준에 달려 있기 때문이다.

셋째, 분석 능력을 개발하라. 이는 보고 느낄 수 있는 형태로 아이디어를 구체화하는 능력이다. 분석 능력은 여러 자료를 결합하여 새로운 내용을 독창적으로 만들어 낼 수 있게 한다.

넷째, 편집 능력을 향상시켜라. 편집은 제안서의 목적에 적합하도록 내용을 교정하고 정리하는 과정이다. 좋아 보이는 떡이 먹기에도 좋다는 말이 있다. 요구자가 첫눈에 읽고 싶어 하는 제안서를 만들어야 한다.

마지막으로, 도전 정신을 길러라. 어려운 상황에서도 훨씬 더 빛나는 제안서를 만들어야 한다. 또한, 걱정 없이 새로운 문제에 도전하려면 자신감을 가져야 한다.

좋은 기획자가 되기 위해서는 다른 사람보다 문제를 좀 더 가까이 보고 누구도 생각하지 못했던 것을 생각해 내야 한다. 당신이 다섯 가지 기획 능력을 키워 가까운 미래에 홀륭한 제안서를 만들 수 있기를 희망한다.

14.
회사와의 약속을 지키자

나의 직장 생활을 돌이켜 보면 왠지 뿌듯한 마음이 든다. 1991년 1월, 신용보증기금(신보)에 신입 직원으로 입사했을 때 여섯 가지 사항을 지키자고 회사와 굳게 약속했다.

이 서약은 우리 회사에 자부심을 느끼고 고객의 성장과 발전을 위해 최선을 다하게 했다. 특히, 영업점에서 십수 년에 걸쳐 일할 때에는 많은 중소기업이 좋은 일자리를 창출하도록 돕는 데 중요한 역할을 해 왔다. 그 결과, 2011년 5월에 일자리 창출을 위한 금융 지원 공로로 국무총리상을 받았다.

회사의 충분한 보상 덕분에 우리 아이들은 우수한 대학에서 공부할 수 있었다. 또한, 부모님에게 효도하고 친구들과도 좋은 관계를 유지할 수 있었다. 회사가 내 인생의 성장 사다리가 되어 왔기에 항상 회사에 고마운 마음을 갖고 있다. 앞으로도 회사의 지속적인 지원에 힘입어 국내 중소기업이 성장하고 우리 회사의 직원도 멈추지 않고 발전하기를 희망한다.

신용보증기금 헌장

신용보증기금은 기업의 자금융통을 원활히 하고 건전한 신용 질서를 확립함으로써 균형된 국민 경제 발전에 이바지한다. 이를 위해 공익을 우선하는 투철한 사명감을 바탕으로 국민으로부터 신뢰받는 신용보증기금인이 되고자 다음과 같이 다짐한다.

- 하나, 우리는 신용사회 구현을 통해 국민 경제 발전에 기여하고 고객과 공동 번영을 추구한다.
- 하나, 우리는 항상 기업의 입장에서 생각하고 기업이 희망을 갖는 사회를 만들기 위해 노력한다.
- 하나, 우리는 높은 윤리 의식을 바탕으로 공정하고 청렴하게 직무를 수행한다.
- 하나, 우리는 끊임없는 변화와 혁신을 통해 새로운 가치를 창출한다.
- 하나, 우리는 사회 공동체의 일원으로서 사회적 책임과 역할을 다한다.
- 하나, 우리는 임직원 개개인의 인격을 존중하고 신뢰와 협력을 바탕으로 상호 발전을 도모한다.

15.
남을 따라 하지 않는 보고서를 쓰자

보고서는 사건이나 상황에 관한 서술 양식을 말한다. 참여자가 그것을 읽고 한번에 이해할 수 있도록 적당한 단어를 사용하여 보고서를 작성해야 한다. 상대방이 명확하게 이해하고 동의할 수 있는 보고서를 쓰기 위한 세 가지 방법이 아래에 있다.

첫째, 핵심 이슈를 명확하게 보여 줘라. 다시 말하면 자료 수집과 조사를 통해 모은 사실과 정보를 바탕으로 핵심 이슈를 정확하게 구체화해야 한다는 것이다. 그리고 핵심 이슈에 당신의 메시지를 반영한 보고서를 써야 한다.

둘째, 단순성과 명확성의 원칙을 따르라. 국내 보고서의 경우 하나의 문장을 최대 50글자, 20단어, 2줄 이내로 완성하면 좋다. 전문 용어나 생략어보다는 정확하고 쉬운 단어를 사용해야 한다. 한 문장에 두 가지 메시지를 넣을 필요는 없다. 또한 한 문장에 주어, 동사, 목적어를 명확하게 서술해야 한다.

마지막으로, 좋게 보이는 보고서를 써라. 그래프나 도표, 문자표 등을 적절하게 사용함으로써 좋아 보이는 보고서를 작성할 수 있다. 또한, 보고서 분량이 많다면 목차, 페이지, 참고자료 등을 넣어

정리해야 한다.

결론적으로, 객관적인 근거 없이 주장하는 것은 설득력이 떨어진다. 이는 보고서를 쓸 때 사례, 관련 이론, 통계를 사용하는 이유이기도 하다. 사람들은 남과 다른 관점을 반영하여 분석적이고 종합적인 보고서를 쓰길 원한다. 위에서 말한 글쓰기 기법을 규칙적으로 따른다면 당신은 설득력 있고 훌륭한 보고서를 작성할 수 있을 것이다.

2장

말보다 실천

/

자신

1.
이순신의 준비 정신을 배우자

역사는 과거의 성찰을 통해 현재를 관찰하고 미래를 내다보는 거울이라고 한다. 우리가 학교에서 역사를 배우고 역사책을 읽으며 토론하는 이유이다. 특히 끝없는 경쟁의 시대에 우리는 냉철한 문제의식으로 현재 상황에 잘 대처해야 한다. 그러므로 우리는 역사에 길이 빛나는 이순신 장군을 통해 현재를 이해하고 미래를 철저히 준비해야 한다. 이순신 장군의 뛰어난 업적에서 배워야 할 점은 다음과 같다.

먼저, 기록 정신이다. 임진년에 시작된 7년 전쟁 동안 이순신 장군이 거의 매일 쓴 『난중일기』는 가장 가치 있는 작품 가운데 하나다. 일기는 군사 전략, 가족과의 편지, 부하들에 대한 상벌 기록 등으로 구성되어 있다. 글쓰기는 당신이 누구인지를 알게 하고 당신의 자존감을 높여 준다. 또한, 치유 효과를 주고 당신의 삶을 보존해 준다.

둘째, 미리 준비하는 것이다. 이순신 장군은 중국 군사 전략가인 손자가 쓴 『손자병법』의 "적을 알고 나를 알면 백 번 싸워도 위기에 처하지 않는다."라는 전략적 원칙을 절대 잊지 않았다. 결국 거

북선 건조와 같은 창의적 준비 전략 덕택에 세계 역사에 유례가 없는 '23전 23승'을 기록했다. 최근 한국 경제는 일본 수출 규제 도발 때문에 심각한 어려움에 처해 있다. 우리는 기술 개발과 국내 생산을 통해 원자재나 부품의 외부 의존도를 줄여 나가야 한다.

마지막으로, 신뢰 자산의 축적이다. 이순신 장군은 긴박한 전쟁 중에 빈손이었더라도 짧은 기간에 군사와 물자를 모을 수 있었다. 그가 정직하고 따뜻한 성품을 지녔기에 부하와 백성으로부터 큰 신뢰를 얻었기 때문이다. 국내 회사가 세계 시장에서 경쟁력을 강화하려면 고객, 직원, 주주 등으로부터 지속적인 신뢰를 얻어야 한다. 그뿐만 아니라 경영자는 정직성과 투명성을 갖추고 회사를 운영해야 한다.

지금까지 이순신 장군의 업적을 고려해 볼 때, 많은 역경을 이겨 낸 강한 정신과 전쟁에서 모두 승리한 뛰어난 전략은 우리 모두에게 모범이 된다. 우리가 이순신 장군의 훌륭한 리더십 유형을 멈추지 않고 계속 실천한다면 엄중한 세계 경제 전쟁 시대에 반드시 승리할 것이다.

2.
질문은 삶 어디에나 존재한다

질문은 우리의 삶 어디에나 존재하는 것 같다. 질문은 고려되어야 할 문제나 의견이다. 질문은 우리의 삶 자체를 의미 있게 바꾸기도 한다. 따라서 좋은 질문을 하는 습관을 길러야 한다. 여기 좋은 질문을 하는 세 가지 기법이 있다.

먼저, 상대방의 입장을 고려하라. 그러기 위해서는 당신은 최소한 그가 누구인지는 알아야 한다. 당신이 그의 성격과 처지를 이해하려 한다면 당신은 그 상황에 맞는 좋은 질문을 할 수 있다. 좋은 질문은 상대방이 진심으로 대답하도록 돕기 때문에 당신은 원하는 해답을 얻을 수 있다.

둘째, 다양한 질문 방식을 기억하라. 그것은 의미 있는 질문을 위한 기본 골격이다. 예를 들면 당신은 'How(우리는 시장이 원하는 혁신적인 제품을 어떻게 만들 수 있는가?)', 'What if(경제가 침체된다면 무슨 일이 일어나는가?)', 'Why(그 사건은 왜 일어났는가?)'와 같은 의문 대명사를 사용하여 열린 질문을 할 수 있다.

마지막으로, 실제로 많은 질문을 하라. 당신이 질문하면 할수록, 더 좋은 질문을 하는 능력을 얻을 수 있다. 나의 경우에는 원하는 정보를 얻기 위해 직원에게 자주 물어보는 편이다. 즉, 의문사를 활용하여 열린 질문을 하는 것이다.

결론적으로 당신은 그것이 사실인지, 합리적인지 또는 가치 있는지를 누군가에게 물어볼 수 있다. "질문의 통치자가 자기 삶을 지배한다."라고 한다. 질문은 당신의 삶과 깊이 관련되어 있으므로 가능한 좋은 질문을 하고, 열린 질문을 하라. 당신이 좋은 질문을 하여 자신의 삶을 바꾸길 바란다.

3.
신뢰할 만한 리더가 되자

훌륭한 리더의 특징 가운데 하나는 신뢰성이다. 그것은 사람의 믿을 만한 정도를 의미한다. 신뢰할 만한 리더는 회사의 발전과 구성원의 성장에 관심이 매우 많다. 또한, 믿을 만한 리더는 구성원의 도움을 얻어 더 좋은 성과를 낼 수 있다. 신뢰할 만한 리더가 되기 위한 세 가지 조건은 아래와 같다.

먼저, 구성원에게 문제 해결 능력을 보여라. 아무리 어려운 일이 주변에 일어날지라도 리더는 구성원이 직면한 어려움을 해결하는 능력을 가져야 한다. 나는 여러 종류의 어려움을 해결하기 위해 구성원, 업무, 고객에 깊은 관심을 기울이며 일하고 있다.

둘째, 구성원에게 명확한 목표를 제시하라. 우리 조직의 사명은 "고객에게 금융을 지원하여 성장의 기쁨과 성공의 희망을 주는 것" 이다. 나는 구성원의 전문성과 긍정적 인간관계를 바탕으로 경영 목표를 명확히 안내하고 그들이 반드시 그것을 이루도록 독려한다.

마지막으로, 솔선수범하라. 나는 조직 발전과 성장에 관한 업무 제안을 오랫동안 실천해 왔다. 또한, 외국의 경제 정보를 구성원과 공유하기 위해 영어 공부를 꾸준히 하고 있다.

결론적으로, 신뢰할 만한 리더는 회사의 경영 목표를 달성하는 데 중요한 역할을 한다. 또한, 그는 구성원과 소통을 원활히 하고 좋은 업무 성과를 거두기도 한다. 당신이 세 가지 조건을 꾸준히 실천하여 구성원이 자발적으로 따르는 훌륭한 리더가 될 수 있기를 희망한다.

4.
실천 의지가 문제다

건강한 삶을 살려면 몸매를 유지해야 한다. 몸매는 몸의 맵시를 말한다. 많은 사람이 더 활기찬 생활을 위해 몸매 관리에 심혈을 기울인다. 건강이 삶에 긍정적인 에너지를 제공하기 때문이다. 실례로 매일 몸매를 유지하는 두 가지 방법이 있다.

먼저, 아침에 당신의 몸을 바르게 하라. 잠자는 동안 틀어진 몸을 회복하는 데는 단 7분이면 된다. 나는 아침에 일어나자마자 침대 위에서 다섯 가지 가벼운 운동을 한다. 골반 교정, 엄지발가락 부딪치기, 복근과 허리 강화, 팔 굽혀 펴기 등이다. 이 운동은 몸을 유연하게 만들고 정신을 맑게 한다.

그뿐만 아니라 하루에 50분 이상 걸어라. 아무 생각 없이 걸을 수도 있고 어떤 목적을 가지고 걸을 수 있다. 이 운동은 신선한 아이디어가 샘솟게 하고 마음을 긍정적으로 변화시킨다.

결론적으로, 아침 침대 위에서 하는 가벼운 운동은 당신의 몸과 마음을 바로잡아 준다. 걷기는 당신의 건강한 삶을 위한 가장 중요하고 기본적인 운동이다. 이러한 운동을 규칙적으로 실천하여 건강하고 재미있는 삶을 살아가기를 희망한다.

5.
자신감을 키우자

당신은 자신 있게 사는가? 자신감이란 내가 어떤 일을 잘할 수 있고 다른 사람이 나를 존중한다는 믿음을 말한다. 자신감이 당신의 삶을 좀 더 가치 있게 해 주므로 당신은 자신감을 키울 필요가 있다. 여기 자신감을 키우기 위한 몇 가지 아이디어가 있다.

먼저, 당신이 관심 있는 조직에서 적극적으로 활동하라. 꾸준히 활동하면 당신은 긍정적 인간관계를 넓혀 나갈 수 있다. 미래에 좀 더 바람직한 리더가 될 수 있는 잠재 능력을 키울 수 있다. 또한, 당신이 조직 활동에서 얻을 수 있는 정보나 아이디어가 당신의 생활에 많은 도움이 될 수 있다.

둘째, 건강을 잘 관리하라. 건강은 모든 삶의 기본이고 당신을 적극적으로 살아가게 한다. 실례로 앞서 말한 것처럼 나는 아침에 골반 교정, 엄지발가락 부딪치기, 복근과 허리 강화, 팔 굽혀 펴기 등 다섯 가지 운동을 규칙적으로 실천한다. 정말 간단한 운동이 잠자는 동안 뒤틀린 내 몸을 바르게 해 준다. 걷기가 또한 나의 마음을 상쾌하게 하므로 일과가 끝난 후 50분 이상 걷는다.

마지막으로, 경청하라. 잘 듣는 자만이 말 잘하는 사람이 될 수 있다고 한다. 경청하는 사람은 항상 다른 사람의 관점에서 듣고 말하는 경향이 있다. 그러므로 공감적 경청을 통해 상대방에게 신뢰를 주고 당신은 삶의 지혜를 배울 수 있다. 나의 경우 직원의 어려움이나 제안 사항을 잘 듣고 문제 해결사로서의 역할을 충실히 하고 있다.

결국 자신감은 당신의 삶을 가치 있게 만들어 주는 매우 중요한 요소이다. 자신감은 또한 당신의 몸과 마음을 활기찬 상태로 만들어 준다. 당신이 세 가지 생활 방식, 즉 적극적인 사회 활동, 건강 관리, 경청 등을 지속해서 실천해 나간다면 좀 더 바람직한 인간이 될 수 있다.

6.
의미 있게 살아가자

많은 사람이 성공, 만족 또는 성취와 같은 목적을 가지고 의미 있는 삶을 살고 있다. 의미 있는 삶은 우리가 삶의 목적에 알맞게 행동할 때 이루어진다고 한다. 게다가 우리가 의미 있는 삶을 살아갈 때 행복의 수준도 높아질 수 있다. 당신이 다음 세 가지 조건을 실천하지 않으면 의미 있는 삶을 살지 못할지도 모른다.

먼저, 교양인이 돼라. 당신은 상식, 생활 규칙, 에티켓 등 기본적인 생활 방식을 배울 필요가 있다. 교양 있는 행동은 당신이 다른 사람들과 조화롭게 살 수 있게 하고 삶을 자율적으로 이끌 수 있게 한다.

둘째, 인간성을 풍부하게 하라. 교육은 인간성을 회복하기 위한 가장 중요한 수단이라고 한다. 당신이 독서를 통해 삶의 지혜를 배운다면 당신은 따뜻한 마음을 가진 인성을 키울 수 있다.

마지막으로, 사회적 책임감을 키워라. 이것은 교양인으로서 다른 사람과 공동체를 위한 사회적 책임을 져야 한다는 것을 의미한다. 그들을 위한 봉사 정신을 키우려면 당신은 우선 그들의 욕구를 주의 깊게 들어야 한다.

결론적으로 우리는 다른 사람의 감정이나 상황을 이해하는 공감 능력이 요구되는 시대에 살고 있다. 그러므로 위에서 말한 방법을 마음속 깊이 새겨 두지 않으면 당신은 의미 있는 삶을 살 수 없다. 당신이 보람 있는 삶을 살기 위해 교양 있고 인간적이며 사회적으로 책임 있는 사람이 되기를 희망한다.

7.
기억력을 향상시키자

기억력은 삶에서 중요한 역할을 한다. 그것은 사실이나 과거 사건을 기억하는 능력을 말한다. 시간이 지남에 따라 기억력은 감소하는 것 같다. 나이가 들수록 기억력은 점점 더 약해진다. 좋은 기억력은 효과적으로 배우고, 일하며, 소통하도록 돕는다. 여기에 당신의 기억력을 개선할 두 가지 방법이 있다.

먼저, 메모 습관을 길러라. 메모는 다른 사람이나 당신에게 전달하는 메시지이다. 메모하는 행위 자체만으로도 당신이 잊기를 원하지 않는 사실을 더 쉽게 기억할 수 있게 한다. 나의 경우에는 직원에게 어떤 메시지를 보내기 위해 보통 메모지를 사용한다. 나는 일을 시작하기 전에 오늘의 주요 일정과 해야 할 일을 메모지에 간략하게 적는다. 분명 이러한 습관은 기억을 오래 유지하는 효과가 있다.

그뿐만 아니라 규칙적인 생활을 하라. 이것은 당신의 뇌를 건강하게 만든다. 당신은 적어도 7시간 이상 자야 한다. 담배를 끊어야 하고, 가능한 한 술도 적게 마셔야 한다. 나는 2003년 10월 3일에 담배를 끊었다. 대신 요즘에는 시간이 날 때 종종 집 가까이에 있는 강변을 따라 걷는다. 걷기도 일상생활에 도움이 되는 좋은 아이디어를 떠오르게 한다.

결론적으로, 좋은 기억력은 당신의 일상생활을 효율적으로 보내기 위한 중요한 요소이다. 당신이 두 가지 습관을 꾸준히 실천함으로써 기억력을 향상시킬 수 있기를 바란다.

8.
긍정적인 태도를 유지하자

나는 긍정적인 태도가 꿈을 이루는 데 가장 중요한 조건 가운데 하나라는 주장에 동의한다. 성공은 당신이 어떻게 생각하고 행동하느냐에 달려 있다. 여기에 긍정적인 태도를 유지하기 위한 세 가지 방법이 있다.

먼저, 자신감을 길러라. 그것은 뭐든지 잘할 수 있다는 믿음과 의지이다. 자신감은 당신이 긍정적인 생각을 하게 한다. 자신감을 잃으면 당신의 마음도 긍정에서 부정으로 바뀔지도 모른다. 나의 경우, 자신감을 키우기 위해 일주일에 세 번 정도 집 근처 강변을 따라 걷는다.

둘째, 열정적인 사람이 돼라. 그런 사람은 삶을 주도적으로 이끌어 가는 경향이 있다. 당신이 일, 공부, 취미 등에 열정적이기를 바란다. 평상시에 나는 일, 자기 계발, 운동 등에 큰 관심을 기울이고 있다.

마지막으로, 명상하라. 명상은 어떤 것을 매우 주의 깊게 오랫동안 생각하는 행위이다. 다시 말하면 특정한 대상, 생각, 또는 행위에 당신의 마음을 집중하는 것이다. 명상은 정신적으로 맑고, 감정적으로 안정된 상태를 유지하게 한다. 그러므로 당신은 일주일에 최소 세 번은 명상하도록 노력하라.

결론적으로 성공은 당신의 긍정적 태도에 달려 있다. 긍정적 태도를 유지하기 위해 위의 세 가지 방법을 지속해서 실천해야 한다. 자신감, 열정, 명상을 통해 가까운 미래에 당신의 꿈을 반드시 이룰 수 있기를 희망한다.

9.
말보다 실천이 더 중요하다

2015년, 나는 인생 목표를 이루기 위한 계획을 세웠다. 목표는 '공감적 경청을 통한 일과 삶의 조화'이다. 공감적 경청은 상대방에게 확고한 신뢰를 주고 삶의 지혜를 알게 해 준다. 여기에 내 삶의 목표를 달성하기 위한 네 가지 전략이 있다.

먼저, 나는 직원에게 신뢰받는 리더가 될 것이다. 믿을 만한 리더가 되는 조건은 무엇인가? 첫째는 직원에게 일관된 행동을 보이는 것이다. 그들이 직면해 있는 문제를 해결하기 위해 나는 항상 합리적인 결정을 하려고 한다. 둘째는 명확한 목표를 제시하는 것이다. 직원과 일을 할 때 나는 임무, 목표, 전략을 명확히 제시한다. 미지막 조건으로 직원의 성장을 지원하는 것이다. 공감적 소통을 통해 직원의 어려운 일을 이해하고 내 권한을 가능한 한 많이 위임하려고 한다. 또한, 직원을 구체적으로 칭찬하고 그들에게 관대한 리더가 되려고 한다.

두 번째로 나는 안정되고 행복한 가정을 만들 것이다. 2020년까지 저축, 투자 등으로 경제적 자립 기반을 마련하려고 한다. 또한, 가족 구성원이 전문 능력을 갖춘 인재가 될 수 있도록 정신적·경제적으로 그들을 지원할 것이다. 나는 때때로 가족 구성원의 생활에 필요한 다양한 정보를 제공한다. 가족 구성원의 취미, 전문 분야, 인간관계 등을 적극적으로 지원하여 그들이 자율적인 생활을 할 수 있게 할 것이다.

세 번째로 나는 구성원이 '윈-윈' 할 수 있도록 바람직한 인간관계를 형성할 것이다. 좋은 인간관계는 육체적·정신적 상태를 개선한다. 지금 나는 골프, 바둑, 걷기 행사와 같은 사회적 모임에 적극적으로 참여한다. 지속적인 활동은 긍정적 에너지, 즐거움, 행복을 만들어 준다.

마지막으로, 나는 세 가지 사고방식을 통해 멋진 삶을 살 것이다. 그중 첫째는 내 실패 경험과 행동 오류를 되돌아보게 하는 '성찰'이다. 이는 어제보다 더 나은 오늘을 살게 한다. 둘째는 사물의 의미와 가치를 제공하는 '관찰'이다. 다시 말하면, 어떤 일들이 왜 일어나는지를 한 번 더 생각하는 것이다. 셋째는 미래에 무슨 일이 일어나는가를 말해 주는 '통찰'이다. 이러한 세 가지 사고방식을 적극적으로 실천하여 가까운 미래에 글로벌 언어 연구소를 세우고, 그곳에서 자기 계발 서적을 출판하는 꿈을 이룰 것이다.

다시 말하자면 나의 인생 목표는 '공감적 경청을 통한 일과 삶의 조화'이다. 이 목표를 달성하기 위한 네 가지 전략을 다시 정리해 보자. '신뢰받는 리더가 돼라', '안정되고 행복한 가정을 가꾸어라', '구성원들이 윈-윈 하는 바람직한 인간관계를 형성하라', 그리고 '멋진 삶을 살아라.' 무엇보다 중요한 것은 실행력이다. 지속적인 실행력이 인생 목표를 달성하기 위한 가장 중요한 요소임에는 틀림없다.

10.
내 삶의 주인공은 바로 나다

제 이름은 조상무입니다. 나이는 56세, 고향은 전북 고창입니다. 우리 고향의 주요 관광 명소는 고인돌 유적지, 고창 읍성, 선운산 도립 공원 등입니다. 지금 서울에서 아내, 아들, 딸과 함께 살고 있습니다. 딸은 현재 덴마크에서 외국 회사 인턴으로 일하고 있습니다.

저는 고려대학교에서 영어교육학을 전공했습니다. 대학에 다닐 때 가끔 등록금과 생활비를 벌기 위해 과외를 했습니다. 그것이 제가 영어를 열심히 공부하지 못한 이유이기도 합니다. 그러나 제 힘으로 우수한 대학을 졸업했기 때문에 후회하지는 않습니다. 고려대학교 졸업생임을 자랑스럽게 생각하고 있습니다. 그뿐만 아니라 부모님의 희생과 큰형의 경제적 도움이 없었다면 저는 오늘의 제가 되지 못했을 것입니다.

지금 저는 신용보증기금 부장으로 일하고 있습니다. 회사와 30년 간 함께하고 있습니다. 기업신용평가, 채권회수, 경영컨설팅과 같은 다양한 업무를 수행해 왔습니다.

저는 시간이 있을 때마다 영어를 공부합니다. 때로는 친구들과 골프를 하고 주말에는 둘레길을 걷습니다.

마지막으로, 저의 인생 목표는 '공감적 경청을 통한 일과 삶의 조화'입니다. 주요 전략은 신뢰받는 리더 되기, 행복한 가정 만들기, 바람직한 인간관계 형성하기, 멋진 인생 살기입니다. 또한, 제 인생을 되돌아보고 다른 사람과 성공과 실패를 나누기 위해 자기 계발에 관한 책을 쓸 계획입니다. 경제적으로 어려운 학생을 돕고 그들이 꿈을 이루는 데 디딤돌이 되겠습니다. 좋은 시간 갖기를 바라며 들어주셔서 고맙습니다.

11.
아름다운 도봉산

오랜만에 나는 손아래 동서와 도봉산을 올랐다. 산 중턱에서 아름다운 안개가 바다처럼 깔린 것을 보았다. 때때로 땅에 가까이 있는 안개는 보았을지라도 그렇게 아름다운 광경은 본 적이 없었다.

짙은 안개 때문에 서울의 많은 고층 빌딩을 볼 수 없었다. 서울은 마치 하얀 바다처럼 보였고, 주위의 산은 바다 위의 섬처럼 흩어져 있었다. 끝없는 안개 바다를 내려보았을 때 무엇을 해야 할지 몰라 잠시 거기에 서 있었다.

내가 평범한 사람이 아니라 하늘에 사는 은둔자라고 느껴져 잠깐 생각에 잠겼다. 달리 말하면, 나는 안개 바다와 청명한 초겨울 하늘 사이에 떠다니고 있었다. 경이로운 안개 바다를 둘러보니 내 마음은 신선한 감정으로 가득 찼기에 걱정은 곧 사라졌다.

동서가 산에 올라가자고 말하기 전까지 나는 그곳을 떠나지 못했다. 그런 아름다운 광경을 사진에 담았고 마음에 차곡히 넣었다.

도봉산에서 갈등, 걱정, 경쟁 대신 경이로움, 신선함, 아름다움을 느꼈다. 나는 안개 바다 위의 세상이 아래 세상과는 완전히 다르다는 것을 알았다.

12.
지금 하는 질문이 오늘의 기분을 결정한다

질문과 대답(Q&A)이 오늘의 기분을 결정한다고 한다. 부정적 질의응답은 힘들고 고통스러운 이미지를 만들고, 결국 부정적 행동의 가능성을 증가시킨다. 다른 한편으로 긍정적 질의응답은 즐겁고 행복한 이미지를 만든다. 질문은 당신의 행동에 무의식적으로 영향을 미친다. 그러므로 즐겁고 행복한 하루를 위해 의도적으로 자신에게 긍정적인 질문을 할 필요가 있다. 삶의 주인공은 바로 자신이기 때문에 긍정적 질의응답을 사용하여 당신의 삶을 풍요롭게 하는 데 집중해야 한다.

여기 아침에 자신에게 물을 수 있는 긍정적 질문의 사례가 있다.

- 지금 내 삶에 무엇이 행복한 일인가?
- 지금 내 삶에 무엇이 가장 중요한 일인가?
- 지금 나는 무엇에 감사하는가?

그뿐만 아니라 저녁에 자신에게 물을 수 있는 긍정적 질문의 사례도 있다.

- 오늘 나는 누구를 도왔는가?
- 오늘 나에게 가장 이로운 경험은 무엇이었는가?
- 나는 미래를 위한 투자로 오늘을 어떻게 사용하였는가?

  결과적으로 긍정적인 질문은 당신을 기분 좋게 하고 당신의 일상을 활기차게 한다. 당신이 성장하고 스트레스를 견디는 데 도움을 준다. 당신이 힘들고 어려울 때마다 긍정적인 질문을 함으로써 더욱 행복한 사람이 되기를 희망한다.

3장

내 삶의 안식처

/

가정

1.
가정 교육의 세 가지 관점

교육은 무엇이 옳고 그른지, 무엇이 도덕적이고 부도덕한지 또한 무엇이 정당하고 부당한 것인지 분별하는 능력을 준다. 다시 말하면, 교육은 급변하는 시대에 우리가 직면한 문제를 해결하기 위한 답을 준다는 것이다. 우리는 교육의 중요성을 인식하면서 인생을 의미 있게 살아갈 필요가 있다. 나는 아이들의 교육에 관해 세 가지 관점을 다음과 같이 견지해 왔다.

먼저, 인내하라. 인내는, 특히 어떤 일이 오래 걸릴 때, 침착하게 대처하고 쉽게 화내지 않는 능력을 말한다. 나는 아이들이 잘못했을 때 가능한 그들의 입장에서 얘기를 들으려고 했다. 아이들이 거실에서 뛰고 놀았을 때조차도 나는 그들을 꾸짖지 않았다. 대신 그들의 손을 잡고 나가 함께 걸었다.

둘째, 관심을 가져라. 관심은 어떤 것에 대해 더 알고 싶은 느낌이다. 이런 맥락에서 사랑과도 비슷하다. 나는 항상 아이들이 생각하고 있거나 원하는 것, 그리고 아이들이 하는 것에 관심이 많았다. 그래서 아이들이 중학교를 졸업할 때까지 읽고 싶어 하는 책을 자주 사다 주었다. 또한, 대학 입학에 필요한 정보를 아이들에게 알려 주었다.

　마지막으로, 아이들을 존중하라. 아이들의 생각과 성격이 서로 다르더라도 나는 그들의 의견을 받아들이려고 한다. 일관성 있는 존중은 아이들을 긍정적이고 자신 있게 만든다. 아이들이 자율성을 키우고 건강한 자존감을 기르기 위해 나는 그들의 결정을 존중해 왔다. 아들의 경우, 로스쿨에 가기 위해 준비해 왔다. 하지만 자신의 약점을 인식하고, 결국 변호사가 되는 것을 포기했다. 나는 그 결정을 존중했고 자신에게 맞는 다른 목표를 생각해 보라고 격려해 주었다.

　교육은 아이들이 자신의 강점과 약점을 인식하게 한다. 아이들이 자신의 재능을 발견하게 하고 실패할 때는 다른 가능성을 찾도록 도와준다. 교육이 그들의 성장에 매우 중요한 이유이다. 나는 항상 아이들의 마음이 순수하고, 목표는 높으며, 행동은 겸손하기를 희망한다. 또한, 나는 아이들이 폭풍 속에서도 우뚝 설 수 있도록 도울 것이다.

2.
공부하면 할수록 실력은 늘어난다

공부 계획은 공부를 잘하기 위해 필요한 첫 단계이다. 학생은 공부 계획을 세울 때 효율적인 측면을 고려해야 한다. 여기 좋은 공부 계획을 잘 세우기 위한 세 가지 아이디어가 있다.

먼저, 장기보다는 단기 공부 계획을 세워라. 단기 계획이 집중력을 키우고 학습 효과를 극대화하는 데 도움을 주기 때문이다. 비록 단기 공부 계획을 달성하지 못했을지라도 미처 끝내지 못한 부분을 다음 공부 계획에 반영함으로써 실행 가능한 계획을 다시 세울 수 있을 것이다.

둘째로 시간보다는 과제 기준의 공부 계획을 세워라. 주어진 시간에 가능한 많은 양을 공부하면 학습 효율이 향상될 것이기 때문이다. 계획대로 공부를 끝내면 휴식, 취미, 운동 등과 같은 보상을 스스로 주어야 한다. 예를 들어, 내 딸은 주어진 학습량을 시간 내에 끝낸 후 친구들과 재미있게 놀곤 했다.

마지막으로, 적어도 시험 한 달 전에 공부 계획을 세워라. 이른 계획은 학생이 충분한 반복 학습을 통해 좋은 점수를 얻을 수 있게 한다. 내 딸은 중간과 기말시험 한 달 전에 공부 계획을 세웠다.

과목마다 일곱 번 이상 반복 학습을 한 덕에 자주 최고 점수를 얻었다.

결론적으로 공부 계획은 좋은 점수를 얻기 위해 중요한 단계이다. 학생은 효율적인 공부 계획을 세워야 한다. 학생들이 여기 제시한 좋은 학습 계획을 세우는 방법을 활용하여 시험에서 만족스러운 점수를 얻을 수 있기를 희망한다.

3.
멋진 노후 생활을 위한 세 가지 지혜

'위키피디아'에 따르면 '노년'은 인간의 기대 수명에 근접하거나 초과하는 나이를 말한다. 한국에서 노년은 일반적으로 65세 이상이다. 노년이 되면 당신의 희망은 행복과 건강일지도 모른다. 당신은 가능한 한 빨리, 멋진 노후를 준비할 필요가 있다.

먼저, 건강한 몸과 마음을 유지하라. 건강은 행복의 가장 기본적인 요소이다. 운동은 활기찬 하루를 보내게 하고 기분을 좋게 한다. 당신의 몸이 엔도르핀과 같은 기분 좋은 호르몬을 방출하기 때문이다. 게다가 운동은 비만 같은 질병을 예방하고, 관절염 같은 만성적인 고통을 완화해 주며, 혈압을 낮추어 준다. 나는 건강을 위해 일주일에 세 번, 50분 이상 걷는다.

둘째, 시간을 잘 관리하라. 시간 관리는 특히 효과성, 효율성, 생산성을 증가시키기 위해 구체적인 활동에 보내는 시간을 계획하고 의식적인 통제를 실행하는 과정이다. 좋은 시간 관리는 당신이 보람 있고 의미 있는 하루를 보내게 한다. 만일 작은 계획을 세워 그것을 실천한다면 당신은 '소확행(소소하지만 확실한 행복)'을 느낄 수 있다.

마지막으로, 다른 사람과 함께 나눠라. 가난한 사람에게 정신적·물질적 도움을 줄 때 당신은 삶의 가치를 경험할 수 있다. 나눔은 당신이 많은 보람과 행복을 얻게 해 준다. 미래에 나는 자전적 수필을 출판해서 직장인에게 삶의 지혜를 안내할 계획이다.

결론적으로 당신은 노년을 삶의 황금 시기로 생각하고 구체적인 계획을 세워 멋진 노후를 준비해 나가야 한다. 바람직한 노후를 위한 세 가지 방법을 다시 한번 상기해 보자.

- 건강한 몸과 마음을 유지하자.
- 시간 관리를 잘하자.
- 다른 사람과 함께 나누자.

4.
걷고 또 걷자

많은 사람이 자신의 건강 상태를 개선하려는 방법을 찾고 있다. 그중에서도 걷기는 가장 일반적이면서 적당한 운동으로 알려져 있다. 걷기는 건강을 위해 가장 안전하고 효과적인 운동이기도 하다. 규칙적인 30분 걷기는 우리 몸과 마음에 실제로 커다란 변화를 가져온다. 전문가의 연구에 따르면, 우리는 걷기 운동을 통해 여섯 가지 건강 효과를 얻을 수 있다.

먼저, 걷기는 체중 관리의 선순환을 가져온다. 예를 들어, 60㎏인 사람이 3.6㎞를 걸을 때, 그는 보통 150㎈를 소비한다. 결국 걷기는 증가한 근육량을 통해 기초 대사량을 늘림으로써 체중 관리의 선순환을 가져온다.

둘째, 걷기는 심장병과 뇌졸중의 위험을 약 30%까지 줄일 수 있다. 규칙적인 30분 걷기는 HDL을 증가시키고 반면에 LDL을 줄여 준다. 게다가 혈압을 낮춰 준다.

셋째, 걷기는 골다공증을 예방해 준다. 낮 동안 야외에서 하는 걷기는 뼈 건강에 도움이 되는 비타민 D를 증가시킬 뿐만 아니라 뼈 밀도를 늘려 골다공증을 막아 주기도 한다.

넷째, 걷기는 근육의 힘을 길러 준다. 걷기는 하체의 다양한 근육을 강하게 해 준다. 언덕 걷기는 엉덩이 근육을 강하게 해 주고 엉덩이를 사과 모양으로 만들어 준다. 걷기는 또한 복부 근육을 강하게 해 준다.

다섯째, 걷기는 활력과 행복감을 키워 준다. 걷기 운동은 혈액 순환을 개선해 주고 세포 내 산소 공급을 늘려 준다. 또한, 근육과 관절의 긴장을 완화해 준다. 그뿐만 아니라 걷기는 엔도르핀 형성을 도우므로 스트레스와 불안을 줄이는 데 매우 효과적이다.

마지막으로, 걷기는 치매 증상을 줄여 준다. 일주일에 10㎞ 정도 걷는다면 뇌량 위축과 기억 상실을 예방해 줄 것이다.

많은 사람이 건강을 걱정하고 있고, 건강을 유지하기 위해 운동을 한다. 나 또한 걷기가 건강 개선의 첫 번째 원칙임을 명심하고 있다. 평상시에 나는 하루 6천 보 이상을 걷는다. 그 결과 왼쪽 허리 통증이 줄었고, 오른쪽 무릎 염증도 사라졌다. 정신적으로는 매일 활기찬 기분을 유지하고 있다. 나뿐만 아니라 많은 사람이 걷기 운동을 지속적으로 실천하여 건강을 오래도록 유지할 수 있기를 희망한다.

5.
행복의 한계 효용은 줄어들지 않는다

사람들은 나중의 경험보다 첫 경험을 더 쉽게 떠올리는 경향이 있다. 첫 경험의 익숙하지 않은 느낌이 우리 뇌 안에 쉽게 각인되기 때문에 첫 경험은 모든 사람에게 매우 또렷하다. 또한, 같은 경험들이 되풀이되는 경우에 첫 경험에 대한 만족도는 가장 커진다.

예를 들어, 매우 배고픈 상태에 당신 앞에 있는 다섯 개의 도넛이 있다고 상상해 보라. 배고플 때 먹는 첫 번째 도넛은 세상에서 가장 맛있는 음식이다. 그러나 두 번째 도넛부터는 첫 번째 도넛과 같은 맛을 느끼기는 어렵다. 도넛을 먹을수록 주관적인 만족도는 점점 줄어들기 때문이다.

경제학에서 한계 효용 체감의 법칙이란 어떤 상품 또는 서비스의 한계 효용은 이용 가능한 공급이 늘어날수록 감소하는 것을 의미한다. 음식의 경우 기본적인 식량 공급은 당신에게 '생존'을 의미하지만 배부른 후에 먹는 음식은 단지 '나머지'에 불과하다. 나머지 자원은 나중을 위해 저장될 수 있고 다른 것과 거래되거나 단지 버려질 수 있다. 상품이 생존과 직접 관련이 없더라도 첫 번째 상품의 효용은 보통 가장 크게 느껴진다.

한계 효용 체감의 법칙은 먹고 마시는 것뿐만 아니라 소유와 경험에서도 똑같이 작용한다. 운 좋게도 어떤 것을 먹고, 마시고, 소유하고, 경험하는 긍정적 효용과 마찬가지로 실패, 좌절, 슬픔, 고통의 부정적 효용도 줄어든다.

모든 사람은 행복을 추구한다. 당신이 매일을 첫날인 것처럼 살아갈 때 행복의 한계 효용은 줄어들지 않을 것이다. 결국 행복의 경제학은 이 단순한 진리 안에 있는 것이다.

6.
셀 수 없는 사랑, 어머니 사랑

나는 이틀에 한 번씩 어머니에게 전화한다. 어머니는 내가 일을
끝내고 집에 돌아왔는지, 식사는 했는지, 가족들은 잘 지내는지
묻는다. 가끔 "몸이 아프구나. 아들이 보고 싶구나."라고 하면 내
마음도 절절히 아파 온다. 어머니는 아직도 나를 아이처럼 대한다.
시골집에 내려가면 어머니는 항상 나에게 자동차를 조심하라고 말
한다. 어머니는 학교에 다니지 못했을지라도 내 인생의 성공을 위
해 옳은 방향을 안내하려고 애썼다.

내가 해군사관학교를 그만둔 후 시골에서 대학 입학을 준비하고
있을 때, 어머니는 농사일이 바쁨에도 하루 세끼를 정성껏 챙겨 주
었다. 지금 돌이켜 보면 이 얼마나 감사하고 미안한 일인가!

나는 비록 가난한 가정에 태어났을지라도 고등학교를 졸업할 때
까지 내 부모가 얼마나 가난한지 몰랐다. 어머니가 나를 학교생활
에만 집중하게 했기 때문이다. 6남 1녀 가운데 혼자 대학을 졸업했
으니 나에게는 큰 행운이었다. 고등학교에 다닐 때 부모님이 가난
한 줄 알았다면 나는 대학 입학을 포기했을 것이다.

요즈음 어머니는 건강을 유지하기 위해 유모차를 끌고 마을 회

관에 다녀온다. 이런 걷기 습관은 어머니의 건강에 대한 나의 걱정을 덜어 주고 보살핌의 부담도 줄여 준다.

어머니의 유일한 희망은 내 성공이다. 또한, 아들을 향한 어머니의 정성 어린 마음은 세상 어느 것보다 깊고 강하다. 어머니의 진정한 사랑은 지구상에서 가장 귀중하고 오래가는 감정이다. 어머니의 사랑은 이타적이다. 사랑에 대한 보답으로 어떤 보상도 요구하지 않는다. 오히려 어머니의 사랑은 나에게 희망과 믿음을 준다.

아침에 일어나자마자 내가 하는 첫 번째 일은 "감사합니다", "사랑합니다"라고 어머니에게 감사함을 표현하는 것이다. 어머니는 오늘 밤에도 밝은 달을 보며 가족이 모여 평화롭게 지내기를 고대하고 있을 것이다.

7.
인간 지능을 확장하자

인간 지능(HI)은 경험으로부터 배우는 능력, 새로운 상황에의 적응력, 그리고 얻은 지식을 이용하여 환경을 변화시키는 능력으로 이루어진 사고 수준으로 정의된다. 그와 반대로 인공 지능(AI)은 정해진 답을 빠르고 정확하게 내놓는 능력을 의미한다. 달리 말하면 인간은 수많은 현상을 보고 경험함으로써 인공 지능이 복제할 수 없는 축적된 통찰력과 지혜를 얻을 수 있다는 것이다.

인공 지능은 엔도르핀, 세로토닌, 도파민과 같은 물질을 만들 수 없다. 반면 인간은 웃고 즐길 때 엔도르핀을, 편안할 때 세로토닌을, 사랑할 때 도파민을 만든다. 인간 지능을 확장하는 세 가지 아이디어를 간략하게 제안하고자 한다.

먼저, 웃고 즐기자.

둘째, 긍정적인 사람이 되자.

마지막으로, 진심으로 사랑하자.

위에서 말한 방법은 당신에게 호기심과 상상력을 불러온다. 별난 호기심과 상상력이 세상을 바꿀 수 있다고 한다. 당신의 삶을 바꾸지 않고는 당신의 생각을 변화시킬 수 없다. 이는 당신의 생각이 삶의 결과이기 때문이다. 위에서 말한 경험적 활동을 지속적으로 실천한다면 확신하건대 당신은 인공 지능 시대에 대체할 수 없는 인간이 될 수 있을 것이다.

8.
화목한 가정을 만들자

'화목'이란 사람들이 평화롭고 서로 마음이 맞는 상태를 말한다. 사람은 지난 수천 년 동안 행복을 위해 화목을 추구해 왔다. 여기 화목한 가정을 만들기 위한 세 가지 방법이 있다.

먼저, 서로 신뢰하라. 신뢰는 불신이 없는 상태를 말한다. 신뢰는 가정생활에서 가장 중요한 원칙이다. 우리는 가족 구성원을 있는 그대로 믿어야 한다. 가족 구성원을 진심으로 신뢰하기 위해서는 열린 마음으로 꾸준하게 소통할 필요가 있다. 대신 그들은 각자 개인적인 공간을 갖고 있으므로 그들의 모든 것을 알 필요는 없다. 나는 아이들의 물건이 흩어져 있더라도 아이들의 동의 없이 그것들을 옮기지 않는다. 그들의 개인 생활을 존중해서다.

둘째, 서로 존중하라. 존중이란 상대방이 당신보다 더 중요하다고 생각하는 정중한 태도를 의미한다. 생각이나 성격이 서로 다르더라도 그들의 의견을 받아들이는 것이 좋다. 우리가 그들의 결정을 존중하려고 할 때 그들은 자율성을 키우고 건강한 자존감을 기를 수 있다. 나의 경우, 가족 구성원이 대학 입학, 직업 선택, 상품 구매와 같은 중요한 문제에 대하여 그들 스스로 결정하게 한다.

마지막으로, 가족 구성원을 적극적으로 지원하라. 그들은 삶에 대한 좋은 생각과 목표를 가지고 있다. 그들이 목표를 이루기 위해서는 경제적·정신적 지원이 필요하다. 지금 당장 그들이 필요한 자원을 제공하자. 게다가 그들이 자신의 목표를 이룰 수 있도록 끊임없이 격려해 주어야 한다. 나는 대학 입학에 필요한 경제 정보를 딸에게 제공하곤 했다. 그뿐만 아니라 딸이 덴마크에 교환 학생으로 가는 데 필요한 돈을 지원해 주었다.

사람은 신뢰와 사랑, 존중을 먹고 자란다고 한다. 화목은 가족 구성원의 행복한 삶을 유지하기 위해 매우 중요한 요소이다. 우리는 화목한 가정을 만들기 위해 끊임없는 노력을 해야 한다. 신뢰하고, 존중하고, 지원하자!

9.
양육에 관심을 갖자

오늘날 우리는 도시화와 산업화의 영향으로 확대 가족보다는 핵가족이 많은 시대에 살고 있다. 맞벌이 가정이 증가함에 따라 부모는 아이들과 적은 시간을 보낼 수밖에 없다. 아이들은 바쁜 부모와 함께하는 대신 과외 학원에 다니거나 모바일 게임에 많은 시간을 소비한다. 지금 시대의 부모와 아이들 관계는 과거에 비하면 가깝지 않은 것처럼 보인다. 부모는 아무리 바쁘더라도 양육에 더 많은 관심을 가져야 한다. 양육은 아이들의 성장에 매우 중요한 요소이므로 그들을 양육하는 세 가지 방법을 제시하려 한다.

먼저, 아이들이 항상 옳다는 것을 인정하라. 부모가 항상 아이의 입장에 서려고 노력하면 부모는 그들의 행동과 태도를 이해할 수 있다. 심지어 아이가 잘못할지라도 부모는 그들을 곧바로 꾸짖지 않아야 한다. 부모가 그들의 행동을 이해하려 할수록 아이는 부모의 충고를 부담 없이 따를 수 있고 머지않아 그들의 잘못된 행동을 줄일 수 있다. 나는 아이가 잘못된 행동을 하는 데는 그럴 만한 이유가 있다고 생각한다. 부모는 아이의 입장을 이해함으로써 그들과 잘 지낼 수 있다.

둘째, 아이가 독립적인 객체임을 인정하라. 아이들이 부모로부터 태어났더라도 그들은 부모의 소유물이 아니다. 아이는 자율적인 인격체이므로 부모가 원하는 것을 강요하지 않아야 한다. 나의 경우, 아이가 원하지 않으면 할머니의 시골집에 방문하라고 강요하지 않는다. 이것은 내가 아이의 계획이나 생각을 존중하기 때문이다. 아이는 부모와 마찬가지로 독립적인 존재다.

마지막으로, 아이에게 인내심을 보여라. 부모는 때때로 아이의 행동이 이해되지 않고 통제하기 어려운 상황에 직면한다. 그때 왜 이렇게 행동했는지 아이들에게 질문할 것을 장려한다. 이러한 질문은 부모가 아이의 행동을 깊이 생각하고 더욱 인내하게 한다. 아이가 잘못된 행동을 할 때 나는 아이 스스로 왜 그런 행동을 했고, 어떤 잘못을 했는지 직접 설명하게 한다.

결론적으로 아이를 정성껏 양육하기 위해서는 부모가 일에 바쁘더라도 위에서 말한 세 가지 방법에 많은 관심을 가져야 한다. 아이들이 항상 옳다고 생각하자. 아이는 독립적인 존재임을 인정하자. 그리고 부모가 인내하고 있다는 것을 아이가 알게 하자. 아이에 대한 부모의 진심 어린 관심은 그들을 훌륭한 인간으로 만드는 좋은 방법이다. 지속적인 부모의 관심과 사랑으로 미래에 아이가 원하는 것을 이룰 수 있기를 바란다.

10.
여행의 세 가지 혜택

세계화 시대에 여행은 많은 사람이 즐기는 취미가 되었다. 문화체육관광부에 따르면, 2018년 기준으로 한국인의 89.2%가 국내여행을, 22.4%가 해외여행을 다녀왔다.('2018년 국민여행조사' 결과, 문화체육관광부, 2019. 7. 24.) 사람들은 자연 관광, 휴양, 또는 역사 기념물 관람과 같은 다양한 목적으로 여행한다. 여행이 우리에게 주는 세 가지 혜택이 여기에 있다.

먼저, 여행은 즐거움을 제공한다. 사실 여행 준비는 우리 마음을 설레게 한다. 여행할 때 우리는 산, 호수, 바다와 같은 아름다운 자연 풍경을 감상한다. 또 관광지에서 특산물을 산다. 그뿐만 아니라 맛있는 음식도 먹는다. 결국 여행은 시각, 미각, 촉각과 같은 감각을 자극하는 것이다.

둘째, 여행은 휴식을 제공한다. 여행은 일상생활의 피로를 덜어준다. 여행하면 몸과 마음이 이완되어 스트레스도 줄고 편안한 마음도 가질 수 있다. 우리 아이의 경우, 덴마크에 머물고 있지만 주말에는 유럽의 다른 나라로 여행하며 즐겁게 지내고 있다.

마지막으로, 여행은 도전 정신을 자극한다. 삶은 탐험의 과정이라고 한다. 우리는 등산, 서핑, 사막 트레킹과 같은 여행에서 마음이 들뜨고 때로는 위험한 경험을 할지도 모른다. 어느 정도의 위험에도 불구하고 우리는 끝까지 위축되지 않고 그런 위험을 극복해야 한다. 모험을 즐기는 여행이 우리의 삶에 의미 있는 성장을 가져다주기 때문이다.

여행은 오늘날 없어서는 안 될 중요한 생활 방식이 되었다. 여행은 우리의 감각을 즐겁게 하고, 미래를 위한 잠깐의 휴식을 제공하며 도전 정신을 불러오기도 한다. 시간이 날 때 가능한 많은 여행을 하길 바란다.

4장

더불어 살기

/

사회

1.
청년은 희망 사다리가 필요하다

　세계적 투자가 짐 로저스(Jim Rogers)에 따르면 젊은 사람들이 도
전보다는 안정을 추구하는 사회는 미래가 없다고 한다. 한국의 많은
젊은이는 안정된 생활을 위해 공무원 시험을 준비하고 있다. 이뿐만
아니라 그들은 교육과 취업 때문에 연애, 결혼, 출산과 같은 중요한
요소들을 포기하는 경향이 있다. 지속되는 사회적 불평등으로 항상
움츠러든 젊은이에게 희망을 줄 세 가지 견해를 제시한다.

　먼저, 공정한 교육을 수행해야 한다. 교육은 사회적 지위 이동을
위한 전형적인 방법이다. 한국 사회에서 부모의 부와 교육 수준은
아직도 청년의 교육, 취업, 사회적 지위에 영향을 미친다. 젊은이에
게 공정한 기회를 제공함으로써 교육이 복구되어야 한다. 교육 기
관은 젊은 사람의 순수한 영혼에 상처를 주는 입시 부조리와 편법
을 철저히 감시해야 한다. 또한, 교육 사다리는 공공 교육의 정상
화, 다양한 직업 교육 제공, 대학 교육의 차별 금지를 통해 복원되
어야 한다.

　둘째, 도전적인 창업 환경을 만들어야 한다. 젊은이가 도전 정신
을 갖고 있는 나라에서는 사업의 성공을 자본이나 인맥보다는 기

업가의 정신에 더 의존한다. 우리나라도 성실함과 기술만으로 사업을 성공할 수 있는 사회를 만들어야 한다. 그 예로 실패 용인, 패자 부활, 대·중소기업 간 상생 성장 등과 같은 창업 생태계를 확장해 나가야 한다. 성실하게 실패한 사람이 절망하지 않고 재기할 수 있는 환경을 만드는 것은 가장 중요한 일이다.

마지막으로, 공정한 취업 기회를 주어야 한다. 근래 우리나라의 많은 회사가 공정한 채용을 보장하기 위해 '블라인드 채용' 방식을 적용하고 있다. 블라인드 채용은 본적지, 출신 학교, 신체 조건과 같은 편견 요소를 배제하고 직무 능력 평가만을 고려하는 인재 채용 방식이다. 2019년 3월에 '블라인드 채용법'으로 불리는 「채용절차의 공정화에 관한 법률」이 국회에서 통과되었다.

다시 말하지만, 오늘날 한국의 많은 젊은이는 안정된 생활을 위해 공무원 시험에 매달리고 있다. 통계청에 따르면 청년 실업률이 2019년 12월 말 기준으로 7.3%에 이르렀다고 한다. 젊은 사람이 바람직한 삶을 살 수 있도록 위에서 말한 세 가지 희망 사다리를 복원해야 한다. 불평등에 좌절한 젊은이가 연애, 결혼, 출산을 포기하는 상황에 처하지 않도록 말이다. 우리나라 젊은이들이 희망 사다리를 통해 자신들의 꿈을 꼭 이룰 수 있기를 희망한다.

2.
사회단체를 효율적으로 이끌자

사회 과학적 측면에서 사회단체는 상호 작용하면서 비슷한 특성을 공유하고 전체적으로는 일체감을 갖는 둘 이상의 조직으로 정의된다. 많은 사람이 일과 후에 사회단체에서 의미 있는 시간을 보낸다. 인간은 사회적 동물이므로 사회를 떠나서는 살기 어렵다는 근거이기도 하다. 사회단체 구성의 취지로 볼 때 리더는 구성원이 단체 활동을 통해 의미 있고 바람직한 생활을 하도록 도와야 한다. 여기에 사회단체를 효율적으로 이끌기 위한 세 가지 방법이 있다.

먼저, 봉사 정신을 발휘하라. 리더는 프로그램이 끝날 때까지 구성원이 의미 있는 시간을 갖도록 해야 한다. 구성원이 필요로 하는 모든 사항을 잘 듣고 실행해야 한다. 리더가 구성원의 말을 주의 깊게 듣는다면 그들에게 놓여 있는 문제를 쉽게 풀 수 있을 것이다. 따라서 리더는 봉사하면 할수록 구성원에게 더 많은 관심과 사랑을 받을 수 있다.

둘째, 구성원에게 조직의 연간 계획과 목표를 명확히 제시하라. 리더는 연간 행사 일정을 만들 때 가능한 구성원의 의견을 많이 듣는 것이 좋다. 경청은 구성원이 조직에 자발적으로 참여할 수 있게 한다. 나의 경우 보통 1월 중순에 구성원과 협의를 통해 구체적인 계획을 세운다. 리더는 도표를 활용하여 연간 행사 일정을 간단히 작성하고, 거기에 행사의 의미와 목적을 포함하면 더 좋다.

마지막으로, 행사를 철저히 준비하라. 철저한 준비는 리더가 어려움 없이 행사를 마치는 데 도움이 된다. 행사는 아무리 준비해도 지나치지 않다. 또한 행사가 끝날 때 리더는 도표 등을 사용하여 구성원에게 행사 결과를 늦지 않게 보여 주어야 한다.

결론적으로 단체 활동은 구성원에게 삶의 의미와 만족을 주므로 현대 사회에서 매우 필수적인 요소라고 할 수 있다. 리더는 단체를 생산적으로 이끌어 갈 세 가지 방법, 즉 봉사 정신 발휘, 연간 계획 제시, 철저한 행사 준비 등을 지속적으로 실천해 나간다면 구성원에게 관심과 사랑을 듬뿍 받을 수 있다.

3.
성숙한 사회를 만들자

우리는 지금 경제 세계화, 문화 개방화, 정치 민주화로 인해 전보다 매우 복잡하고 다양한 시대에 살고 있다. 하지만 복잡한 사회 구조는 계층 간, 세대 간, 지역 간 대립과 갈등을 심화시키고 있다. 갈등과 대립을 잠재우고 안정된 사회를 실현하기 위해서는 이해 당사자 간에 많은 이해와 합의가 필요하다. 또한, 건전한 사회를 유지하려면 우리 모두 도덕과 법을 반드시 지킬 필요가 있다. 그런 의미에서 성숙한 사회가 되기 위한 세 가지 견해를 제시한다.

먼저, 기회는 평등해야 한다. 간단히 말해 기회의 평등이란 모든 사람이 무언가를 하기 위한 기회를 얻는 것을 의미한다. 사람이 공평한 조건, 즉 평평한 운동장에서 경쟁할 수 있어야 한다는 것이다. 모든 사람은 학교에 가고, 직업을 얻고, 법의 판결을 받을 때는 공평한 기회를 가질 자격이 있다. 우리 회사는 공고를 통해 신입 직원을 채용한다. 입사 후에도 직원이 다양한 업무를 경험할 수 있도록 본점과 지점 간 순환 근무를 시행하고 있다.

둘째, 과정은 공정해야 한다. 달리 표현하면 선거 제도, 회사 업무 등의 분야에서 절차적 공정성의 원칙을 따라야 한다는 것이다.

많은 민주주의 국가에서는 20세 이상의 모든 성인은 공직에 나갈 자격이 있다. 우리나라의 경우에는 25세 이상의 모든 성인은 적법하고 투명한 절차에 의해 후보로 선출되면 공직에 출마할 수 있다. 국민은 합리적이고 공정한 기준에 따라 후보자를 선택한다. 회사 일을 할 때도 사사로운 인연에 얽매이지 말고 주어진 업무를 공정하게 수행해야 한다. 우리 회사는 불합리한 절차의 폐지를 통해 혁신적이고 지속 가능한 고객 지원 제도를 시행하고 있다.

마지막으로, 결과는 정의로워야 한다. 시험 점수, 사업 성과, 스포츠 승패와 같은 행위의 결과가 정의로워야 한다는 것이다. 우리는 목표를 달성하기 위해 시험 부정, 스포츠 반칙 또는 업무 태만과 같은 불법 행위를 저질러서는 안 된다. 결국 법, 원칙, 상식에 기반한 행위를 할 때만이 정의로운 결과를 얻을 것이다.

결론적으로 우리는 건강한 갈등이 지속되는, 안정되고 합리적인 사회를 만들기 위해 법을 준수해야 한다. 2017년 5월 10일, 문재인 대통령은 국회 취임식에서 "기회는 평등하고, 과정은 공정하며, 결과는 정의로울 것이다."라고 널리 주창했다. 우리가 위에서 말한 세 가지 필요조건을 적극적으로 실천하여 보다 성숙한 사회를 만들어 나갈 수 있기를 간절히 희망한다.

4.
금융 지수를 키우자

요즈음 경기 침체 때문에 돈을 버는 것보다 자산을 지키는 것이 더욱 중요해지고 있다. 돈을 예금이나 적금에 넣을 때 이익이 저절로 불어나는 시대는 지났다. 이뿐만 아니라 우리 경제는 저금리, 저물가 시대에 들어감에 따라 투자와 대출 관리 전략이 전보다 더욱 복잡해졌다. 저성장 시대에 자산을 유지하는 세 가지 방법이 여기에 있다.

먼저, 금융 지수를 키워라. 이것은 돈이 어떻게 작용하는지 이해함으로써 부를 얻고 관리하는 능력을 의미한다. 세금 절감과 대출 관리는 저금리, 저성장 시대에 실질 자산 가치를 유지하는 매우 중요한 방법이다. 예를 들어, 금융 회사가 정기 예금 이자율보다 더 많은 이자율을 주려고 한다면 우리는 그런 상품에 의문을 가져야 한다. 다시 말하면, 우리는 현재의 저금리 시대 상황을 이해하고 받아들일 수 있는 금융 상품을 선택해야 한다는 것이다.

둘째, 부채 상환에 더욱 관심을 가져라. 경기 침체 우려가 커지는 상황에서 과잉 투자보다는 부채 수준을 미리 낮추는 것이 낫다. 더군다나 금리가 낮더라도 많은 대출을 받는 것은 경기 변동에 따라 매우 위험해질 수 있다.

마지막으로, 원금과 이자 부담을 가처분 소득의 30% 이내로 유지하라. 30% 이상의 원리금 부담은 이자율 변동에 취약할 뿐만 아니라 금융 회사의 부채 상환 요구에 대응하기 더욱 어려워진다. 과잉 가계 부채는 언제 폭발할지 모르는 폭탄과도 같기 때문이다.

결론적으로 우리나라는 지금 저금리, 저성장의 시기를 경험하고 있다. 자산을 지키려는 지속적인 노력이 예전보다 더욱 필요한 이유이다. 그러니 금융 지수를 키우고, 부채 상환에 관심을 가지고, 원리금 부담을 30% 이내로 유지하자.

5.
4차 산업 혁명 시대에 살아남는 방법

한국고용정보원은 국내 근로자의 61%가 인공지능과 로봇 기술의 발달로 7년 이내에 AI 로봇으로 대체될 것으로 전망했다.(고용정보원의 설문조사 결과, 2017. 1. 3.) 심지어 지금은 인간이 세계를 지배할지라도 미래에는 세계를 지배하는 자가 바뀔지도 모른다. 회사는 급격한 변화에 잘 적응하기 위한 방법을 찾아야 한다. 여기 4차 산업 혁명 시대에 살아남는 세 가지 방법이 있다.

먼저, 연결 지능을 가져라. 현대 경제의 과잉 공급 시기에 연결성은 절대적으로 필요하다. 연결 지능은 회사가 토지, 노동, 자본과 같은 자원을 보유하지 않고 사업을 추진할 수 있게 한다. 숙박 공유 플랫폼인 에어비앤비(Airbnb)는 방, 아파트, 빌라 등과 같은 숙박업소를 여행자와 연결함으로써 돈을 번다. 그 회사의 가치는 34조 원 정도이고 세계적으로 530만 개의 숙박업소를 고객에게 제공하고 있다.

둘째, 플랫폼 사업 모델을 구축하라. 플랫폼 사업 모델은 둘 이상의 그룹, 일반적으로 소비자와 생산자 간 교환을 촉진하여 가치를 창출하는 사업 모델을 의미한다. 스페인 A 회사는 플랫폼 연계

사업을 영위한다. 의류 생산은 중국에 전부 위탁한다. 중국은 실, 단추, 지퍼와 같은 자재 생산을 주위 많은 나라에 맡긴다. 스페인 A 회사는 사업 플랫폼을 구축하여 생산 참여자 중에 가장 많은 이익을 창출하고 있다. 달리 말하면 이러한 플랫폼 회사는 생산 수단을 소유하지 않는 대신, 연결 수단을 창출한다.

마지막으로, 창의적 몽상가가 돼라. 몽상가는 일어날 것 같지 않은 일들을 생각하거나 기획하는 데 많은 시간을 보내는 사람을 말한다. 예루살렘히브리대학교(The Hebrew University of Jerusalem)의 유발 하라리(Yuval Harari) 교수에 의하면 학생들이 학교에서 배우는 지식의 팔구십 퍼센트는 그들이 사십대가 되었을 때는 큰 필요가 없다고 한다. 대신 인공 지능이 현존하는 거의 모든 직업에서 인간을 밀어낼 것이라고 주장한다. 따라서 회사 구성원은 인공지능 관련 신사업을 창출하기 위해 빅 데이터를 수집·관찰·분석할 수 있는 기본 역량을 키워야 한다.

결론하여, 영국 생물학자인 찰스 다윈(Charles Robert Darwin)은 "생존하는 것은 강하거나 영리한 동물이 아니라 변화에 잘 적응하는 동물"이라고 주장했다. 연결 지능, 플랫폼, 창의적 사고 등을 결합하여 완전히 새로운 방법으로 변화를 시도하지 않으면 우리는 미래에 패자가 될 것이다. 4차 산업 혁명 시대의 급격한 변화에 잘 적응해 나간다면 우리는 영원한 승자가 될 수 있다.

6.
밀레니얼 세대와 좋은 관계를 유지하자

밀레니얼 세대가 우리 사회의 주류가 되기까지는 오래 걸리지 않을 것이다. 그들은 생각과 생활 방식이 독특해서 위의 세대와는 매우 다른 것처럼 보인다. 그들은 인공 지능, 빅 데이터, 사물 인터넷과 같은 기술 융합의 시대에 뛰어난 디지털 능력을 갖춘 새로운 세대이다. 지금 우리가 생산의 주체이자 소비자인 밀레니얼 세대를 이해하지 못하면 기업 경영에서 많은 어려움에 직면할 수 있다. 그들을 진정으로 이해하는 것이 사업 성공의 핵심이므로 우리는 미래 사회의 주인공인 그들을 철저히 이해할 필요가 있다. 여기에 밀레니얼 세대와 좋은 관계를 유지하는 세 가지 방법이 있다.

먼저, 새로운 세대가 귀찮은 일로 생각하는 문제를 해결하라. 그들이 물건을 고른 후 계산대 앞에서 기다릴 필요가 없는, 지갑에서 카드를 꺼낼 필요가 없는 원스톱 서비스를 제공해야 한다. 글로벌 기업인 아마존(Amazon)은 줄도 없고 계산도 필요 없는 무인 가게인 'Amazon Go'를 운영한다. 가장 발전된 쇼핑 기술을 이용한 새로운 형태의 상점이다. 중국 알리바바(Alibaba)도 2015년부터 미래형 슈퍼마켓인 'Hema Xiansheng'을 운영한다. 30분 무료 배송과 얼굴 인식 기술을 이용한 결제 서비스를 제공한다.

둘째, 재미있는 콘텐츠를 제공하라. 그들은 교육용이든, 정보습득용이든, 또는 단순한 소통을 위해서든, 재미가 있어야만 그것을 자주 본다. 모바일 홈쇼핑의 경우 특별히 규제를 받지 않으므로 회사는 재미있고 다양한 콘텐츠를 다룬다. 이러한 콘텐츠는 광고보다 오락 프로그램에 더 가깝다. 시청자가 호스트에게 노래하라고 요청하면 그녀는 상품을 파는 대신 노래도 하고 춤도 춘다.

마지막으로, 단순한 상품과 서비스를 제공하라. 요즈음 편의점에는 밀레니얼 세대의 입맛을 사로잡는 다양한 기성 식품이 나온다. 그들은 가격이 싸지만 양도 많고 맛도 좋은 간편식을 먹는다. 그들은 또한 음식 주문을 할 때조차 전화번호를 찾아 통화하지 않는다. 그들은 수수료 없는 배달 앱을 이용해서 주문에서 결제까지 모든 절차를 끝낸다.

결론적으로, 밀레니얼 세대의 생활 방식을 고려하면 그들은 구매 절차의 편리를 추구하는 경향이 있다. 삶의 즐거움도 찾는다. 구매하는 데 시간을 절약하고 더 쉽게 요리하는 간편식을 선호한다. 밀레니얼 세대와 좋은 관계를 유지하려면 회사는 위에서 말한 세 가지 방법을 지속적으로 실천해 나가야 한다. 새로운 세대가 귀찮다고 생각하는 문제를 해결하고, 재미있는 콘텐츠를 제공하고, 간편한 상품과 서비스를 제공하자.

7.
피할 수 없으면 즐기자

감정 노동은 어떤 일에 필요한 감정적 요건을 이행하기 위해 감정과 표현을 관리하는 과정이다. 감정 노동자는 고객, 동료, 상사와 함께하는 동안 그들의 감정을 절제하려고 노력한다. 그는 주로 은행, 호텔, 병원, 백화점, 공항 등과 같은 서비스업에 종사한다.

감정 노동자는 이러한 노동에 노출되어 있더라도 일터에서 자신의 감정을 나타내려 하지 않는다. 그들은 항상 긴장된 상태에서 일하기 때문에 심한 스트레스를 받는다. 고객과의 상호작용으로 항상 지쳐 있기 때문에 업무 효율성도 저하되기 쉽다. 필요한 것보다 더 많은 에너지를 소비하기 때문이다. 감정 노동자는 행복한 직장 생활을 유지하고 고객을 만족시키려면 특별한 노력을 기울일 필요가 있다.

먼저, 고객과 즐거운 대화를 하라. 감정 노동자가 자신의 얼굴뿐만 아니라 마음으로도 고객에게 진심 어린 미소를 보여 준다면 고객은 감동할 것이다. 고객은 그들의 진정한 미소를 볼 때 즐거워질 것이고, 그들을 존경할 것이다. 사실 감정 노동자의 말은 고객에게 영향을 미치고, 반대로 고객이 경험한 감정은 그들에게 되돌아간다. 그러므로 고객이 즐거움을 느끼도록 '건강에 좋다', '도움이 된다', '보람이 있다'와 같은 긍정적인 단어를 사용하여 대화해야 한다. 부정적인 생각이나 행동은 문제 해결에 전혀 도움이 되지 않기 때문이다.

더불어 스스로 휴식을 즐겨라. 휴식은 편안한 느낌을 의미한다. 사람이 사용할 수 있는 에너지량은 정해져 있다. 에너지는 쉬는 동안 잘 분배되거나 채워져야 한다. 사실 일하는 내내 긴장하는 것은 자신이나 고객에게 좋지 않다. 감정 노동자는 규칙적인 휴식을 가진다면 근무 시간에 더욱더 집중할 수 있을 것이다.

"피할 수 없으면 즐겨라."라는 말이 있다. 감정 노동자는 고객에게 친절한 목소리, 밝은 미소, 세련된 서비스를 제공해야 한다. 일단 고객을 이해하면 감정 노동자는 정성을 다해 그들을 돕고 싶어 할 것이다. 봉사 정신은 감정노동자가 즐거움이나 슬픔을 고객과 함께 나눌 수 있게 한다. 그것은 또한 감정 노동자의 바쁜 직장 생활에서 행복과 만족감을 제공한다. 따라서 감정 노동자들이 위에서 말한 두 가지 방법을 지속적으로 실천함으로써 행복하고 자신 있는 직장 생활을 할 수 있기를 희망한다.

8.
흐르는 물은 겸손하다

물은 멈추지 않고 항상 흐른다. 흐르는 물은 늘 새롭다. 같은 물로 보이더라도 오늘의 물은 어제의 그 물이 아니다. 이렇게 겉보기에는 같은 물은 항상 새로워진다.

세상에 물보다 더 부드럽거나 약한 게 없는 것 같지만, 물은 바위도 뚫을 수 있다. 하지만 바위를 만났을 때, 물은 그것을 뚫으려 하지 않고 돌아가는 여유가 있다. 모든 사람은 목적지에 가장 짧은 거리로 가고 싶어 한다. 하지만 당신은 어떤 경우에는 서두르지 않는 것이 좋다. 살면서 돌아가는 것이 종종 더 빠를 때도 있다.

물은 만물에 이롭지만, 자신의 장점을 뽐내지 않는다. 그러면서 높은 곳을 피하고 항상 낮은 곳으로 향한다. 물은 그만큼 겸손하므로 어느 곳에 가더라도 환영받는다. 결국 겸손은 당신을 진정한 성공과 행복으로 이끌어 줄 것이다.

Chapter

1

A workplace
where you want to stay

Work

1.

Let's pursue work-life balance

Work-Life Balance(WLB) means the state in which demands from professional, family, and personal lives are equal. WLB is getting more and more important in times of rapid change because it enables employees to increase a company's productivity and gives sufficient relaxation to them. Then how should you lead your organization in the age of work-life balance?

First of all, focus on the flexible allocation of work and personal time. A proper balance between work and personal time will be possible if the working hours are flexibly adjusted to suit the company's conditions and the employees' situation. Nowadays, younger generations play a vital role in most workplaces. They are characterized by placing more value on personal life than on public life. Accordingly, leaders need to present clear work directions to employees and create an autonomous working environment, so that employees are guaranteed sufficient time to enjoy their personal lives. For example, our company abides by The "52-hour a week" rule except for special circumstances.

Second, think of various ways to personally support employees so that they can have fun while working. Our company implements an hourly leave system to meet the employees' various needs for work-life balance. Most companies also encourage employees to use paid maternity leave for six months regardless of their gender.

Lastly, maximize the organization's productivity and effectiveness through changed workplace culture. It is because cultures such as transparency, diversity, and horizontal network enable employees to realize creative collaboration. Our company evaluates the level of organizational culture every year by utilizing indices such as autonomy, creativity, vitality, and proudness.

In conclusion, WLB is the most important means for organization growth and personal happiness. I wish that you could execute the above ideas consistently because employees' personal happiness is key to the organization's development.

[해설]

Words & phrases

- demand [명]요구, 수요(=request) [동]요구하다(=ask)
- rapid [형]급격한, 급진적(=fast, radical) [명]rapidity
- organization [명]조직, 기관, 단체 [동]organize
- flexible [형]유연한, 융통성있는, 탄력적인 [명]flexibility
- allocation [명]할당(=allotment), 할당량(액) [동]allocate
- ensure [동]보장(확실히)하다(=make sure)
- vital [형]필수적인, 활력이 넘치는(=dynamic) [명]vitality
- abide [동]참다, 견디다, 지속하다(=stand, bear)
- direction [명]목표(적), 방향(면), 지휘, 쪽 [형][동]direct
- autonomous working environment: 자율적인 업무 환경
- various [형]다양한, 여러 가지의(=diverse) [명]variety
- employee [명]직원, 피고용인 [동]employ [명]employment
- implement [동]이행하다(=carry out) [명]도구(=tool, kit)
- encourage [동]격려(장려)하다(=recommend, ↔discourage)
- maternity [명]임신 상태(ex. ~ leave, 출산 휴가)
- regardless [부]개의치 않고(ex. ~ of, …에 상관없이)
- productivity [명]생산성 [동]produce [형]productive
- effectiveness [명]유효, 효과적임 [형]effective [명][동]effect
- transparency [명]투명성, 명백함 [형]transparent(=obvious)
- diversity [명]다양(포괄)성(=variety) [형]diverse
- collaboration [명]협력, 공동 작업 [동]collaborate
- evaluate [동]평가(사정)하다 [명]appraisal(=assessment)
- utilize [동]활용(이용)하다(=make use of) [명]utility

- indices 몡지수(표)(=indicator), index의 복수형
- autonomy 몡자율성 ㉾autonomously 톙autonomous
- creativity 몡창조성, 독창력 톙creative 동create
- vitality 몡활기(력) 톙vital 동vitalize
- proudness 몡당당함, 의기양양, 자랑스러움 톙proud
- conclusion 결론(말) 동conclude 톙conclusive
- consistently ㉾지속적으로 톙consistent 몡consistency
- development 몡개발, 발달(=advancement) 동develop

📢 **Famous quotes in English**

The merit of an action lies in finishing it to the end
(행동의 장점은 그 행동을 끝까지 마무리하는 데 있다).

- Genghis Khan

2.

A goal without a plan is just a wish

Management goal means a plan that a company has to follow to realize its business direction and maintain its organization. A company's management goal should be specific, measurable, and achievable. Most companies set their management goals every year, and all employees strive to achieve them. Accordingly, A leader should make working environment favorable to employees so that team members can accomplish the company's management goal smoothly. Then what are the ways to achieve management goal efficiently?

First, let the team members set specific schedules. This is because planning enables team members to achieve each part of the goal more easily. Additionally, team members have to know exactly what they have to do to complete the task until they arrive at the finish line. For example, upon the release of company's detailed performance indices, I make employees set specific plans so that they can accomplish their management goals effectively through team meeting.

Second, let team members work well together. A leader should make some conditions that enable teams to attain their goals easily. I try to encourage each team leader to exceed their goal by reasonably distributing goals. Also, if team members have any difficulties in achieving goals, I try to get them to solve those problems by discussing them together.

Lastly, let team members respect each other. It is because they need harmony and cooperation to accomplish management goals. Cooperation enables team members to finish their tasks successfully. If they work and communicate while trying harder to understand other members, the team is highly likely to excel in work.

In conclusion, team members should try to achieve management goals effectively because these goals are crucial in maintaining the organization. Therefore, a leader should make three working conditions so that employees can accomplish organizational goals easily: setting specific schedules, working well together, and respecting each other. I hope that all employees achieve management goals effectively for a company's development and their growth.

- management 🅜경영(진)(=administration) 🅥manage
- follow 🅥따르다(=go after), 따라오다(가다), 쫓아가다
- direction 🅜목표(적), 방향(면), 지휘, 쪽 🅗🅥direct
- specific 🅗구체적인(=concrete), 독특한(=peculiar)
- favorable 🅗호의적인, 찬성하는, 유리한 🅜🅥favor
- environment 🅜환경(ex. a congenial ~, 마음에 드는 ~)
- accomplish 🅥성취하다(=achieve) 🅜accomplishment
- complete 🅥완료하다, 끝마치다 🅗완벽한 🅜completion
- release 🅥발표(해방, 방출)하다(=let go) 🅜석방
- detailed performance indices: 세부 성과 지표
- employee 🅜종업원, 피고용인 🅥employ 🅜employment
- effectively 🅟효과적으로 🅗effective 🅜effect
- attain 🅥이루다 🅜attainment 🅗attainable
- encourage 🅥격려(고무, 장려)하다(=recommend)
- distribute 🅥분배(배부)하다, 유통시키다 🅜distribution
- respect 🅥존경(존중)하다(=revere) 🅜존경(중)
- cooperation 🅜협력(조) 🅥cooperate(=work together)
- excel 🅥뛰어나다, 탁월하다 🅗excellent 🅜excellence
- achieve 🅥완수(성취)하다(=accomplish) 🅜achievement
- crucial 🅗중대한, 결정적인(=critical, essential), 십자의
- maintain 🅥유지(주장)하다(=preserve) 🅜maintenance
- organization 🅜조직, 단체, 기관, 기구 🅥organize
- development 🅜개발, 발달(=advancement) 🅥develop

📢 **Famous quotes in English**

If you want to live a happy life, tie it to a goal,
not to people or objects

(행복한 삶을 살려면, 사람이나 사물에 의지하지 말고 목표에 의지하라).

- Albert Einstein

3.
Let's create positive relationships

Relationships are defined as the way two or more people feel and communicate with each other. From the perspective of organization management, it is closely related to productivity. So, I agree that it is most important to have positive relationships between co-workers at the workplace. The effects of positive relationships are as follows.

First, positive relationships strengthen cooperation between co-workers. Generally, people spend more than 8 hours a day working together with their colleagues and most of their work is teamwork. The team's working environment becomes worse if the workload is concentrated on one person. So, members have to work together and help each other.

Second, positive relationships make co-workers work in mutual respect and understanding. Thus, they can communicate smoothly while solving problems related to their work. Our company runs the regular interview program in which a leader counsels employees on personal difficulties and work satisfaction twice a year.

Lastly, positive relationships make the workplace environment more friendly. Thus, co-workers can feel comfortable there and work better. In my case, I often used to have a snack meeting to create a pleasant working atmosphere among the members.

In conclusion, building positive relationships is of the utmost importance. The better co-workers get along with each other, the more they become cooperative, respectful, and intimate with each other. I hope that positive relationships thrive in your workplace.

·· **W**ords & phrases 해설 ····································

- relationship 명(인간)관계(=relation) 통relate
- define 통정의(규정)하다 형definite 명definition
- organization 명조직, 기구 형organizational 통organize
- productivity 명생산성 통produce 형productive
- positive 형긍정적인, 확신하는 튀positively
- workplace 명직장, 업무 현장, 일터(=office, job)

- strengthen [동]강화하다 [명]strength(힘, 기운)
- cooperation [명]협력(동, 조) [동]cooperate [형]cooperative
- spend [동]보내다, (돈을) 쓰다(=consume, use, employ)
- colleague [명]동료(ex. a congenial ~, 마음 맞는 동료)
- concentrate [동]집중하다(=focus on) [명]concentration
- consist [동]…에 있다(=~ in) [형]consistent [명]consistency
- mutual [형]서로(공동, 상호)의(ex. ~ respect, ~ 존중)
- communicate [동]연락(의사)를 주고받다 [명]communication
- solve [동]해결하다, 풀다 [명]solution
- counsel [동]상담하다(=advise, consult) [명]조언, 충고, 자문
- satisfaction [명]만족, 흡족 [동]satisfy [형]satisfactory
- environment [명]환경(ex. a congenial ~, 마음에 드는 ~)
- comfortable [형]편(쾌적, 안락)한(=cozy) [명]comfort
- conclusion 결론(말) [동]conclude [형]conclusive
- utmost [형]최고의(ex. of the ~ importance, 극히 중요한)
- cooperative [형]협력(협동)하는 [명]cooperation [동]cooperate
- intimate [형]친밀한(=familiar) [동]암시하다(=hint)
- thrive [동]번창하다, 잘 자라다(=flourish, prosper)

Famous quotes in English

Misfortune shows those who are not really friends

(곤경에 처해 보면 누가 진정한 친구가 아닌지 알 수 있다).

- Aristotle

4.
Happiness comes from work-life harmony

We seek to obtain work-life harmony although we have a lot of things to catch up with in rapidly changing times. I agree that we need some ideas to maintain such a harmonious life because work-life harmony gives us great satisfaction.

First, give meaning to your work. We spend over eight hours a day at work. We can be sometimes stressed out by the heavy workload. Thus, we should give meaning to our work for job satisfaction. In my case, I often emphasize the meaning of work by saying "We give customers the joy of growth and the hope of success." to coworkers.

Second, establish our own values. Values is defined as the criteria people use to judge what is good, right, and desirable. But people have different values. We need to establish our own values as soon as possible in accordance with the situation we are in. And it will provide us with the joy of life.

For example, I try to share pleasant memories with members because my values is 'enjoy life itself'.

Lastly, pursue a fulfilling life. It means that we should try to get productive results by creatively dealing with your task. In my case, when I handle my task at workplace, I have a flexible, original, and open-minded way of working.

In conclusion, we try to pursue harmony between work and life for our happiness. I wholeheartedly hope that we put these three ideas into practice steadily to live our happy life: giving meaning to work, establishing view of value, and pursuing a rewarding life.

해설 Words & phrases

- obtain [동]얻다, 구하다 [형]obtainable [명]obtainment
- harmony [명]조화, 화합(음) [동]harmonize [형]harmonious
- rapidly [부]급속히, 빨리 [형]rapid [명]rapidity
- maintain [동]주장(유지)하다(=insist) [명]maintenance
- satisfaction [명]만족, 흡족 [동]satisfy [형]satisfactory
- meaning [명]의미, 뜻(=sense) [동]mean [형]meaningful, mean
- workload [명]업무(작업)량(ex. reasonable ~, 타당한 ~)

- emphasize [동]강조(역설)하다(=stress) [명]emphasis
- joy [명]기쁨, 환희(=delight) [형]joyful [명]joyfulness
- growth [명]성장, 증가(ex. ~ potential, ~ 가능성) [동]grow
- establish [동]확립(설정)하다(=set up) [명]establishment
- values [명]가치관(ex. moral ~, 도덕적 ~), value의 복수
- define [동]정의(규정)하다 [형]definite [명]definition
- different [형]다른 [명]difference [동]differ, differentiate
- accordance [명]일치(ex. in ~ with, ~하여) [동]accord
- situation [명]상황, 처지(ex. a critical ~, 위중한 ~)
- fulfilling [형]성취감을 주는(ex. a ~ life, ~ 삶) [동]fulfill
- productive [형]생산적인 [명]product [동]produce
- efficient [형]효율(능률)적인 [명]efficiency
- flexible [형]유연한, 융통성(신축성) 있는
- wholeheartedly [부]진심(진정, 전적)으로 [형]wholehearted

📢 Famous quotes in English

The time to relax is when you don't have time for it

(바빠서 여유가 없을 때야말로 쉬어야 할 때이다).

- Socrates

5.
What we do now determines the future

All companies have their own roles. A role is defined as the job someone or something has to do in a particular situation. I believe that company members should make an annual plan and fulfill the company's fundamental role for its sustainable growth. For example, I would like to explain A company's role as follows.

A company plays an important role in leading balanced economic development of the nation by supporting various financial guarantees for promising small and medium enterprises which lack tangible collateral. Here are annual plans to fulfill A company's original role.

First, A company should lead small and medium enterprises to the center of Korean economy, as a leading policy implementing organization. Korean economy is now faced with a low-growth phase. It is because of the uncertainty of US-China trade dispute and excessive economic dependency on few conglomerates. So, A company should raise promising enterprises into unicorn companies by actively supporting innovative start-ups with creative ideas and competitive technologies.

Additionally, A company should make a happy workplace with work-life balance. If the organization tries to make employees happy, they will do their best to actively support small and medium enterprises with growth potential.

In conclusion, most companies' employees are now performing their original roles diligently. I hope that now and forever, you can continue to fulfill your company's own role for its sustainable growth and your happiness.

Words & phrases 해설

- situation [명]상황, 처지, 환경, 위치(=position)
- fulfill [동]이행(수행)하다(=perform) [명]fulfillment
- sustainable [형]지속 가능한 [동]sustain(=maintain)
- growth [명]성장(ex. low ~, 저성장), 증가 [동]grow
- promising [형]유망한, 촉망되는(=bright) [명][동]promise
- tangible [형]유형의(=material, concrete), 만질 수 있는

- collateral 몡담보물(=security) 혱부수적인(=subsidiary)
- implement 통이행하다(=carry out) 몡도구(=tool, kit)
- leading policy implementing organization: 선도적인 정책 수행 기관
- uncertainty 몡불확실성 혱uncertain(↔certain)
- dispute 몡분쟁, 분규, 논쟁(=argument, conflict)
- competitive 혱경쟁력 있는 몡competition 통compete
- dependency 몡의존(지)(=reliance) 혱dependent
- conglomerate 몡재벌, 대(복합)기업(=large company)
- additionally 뫁게다가 혱additional 몡addition 통add
- small and medium enterprises with growth potential: 성장 잠재력을 갖춘 중소기업
- conclusion 결론(말) 통conclude 혱conclusive
- consistently 뫁지속적으로 혱consistent 몡consistency
- perform 통수행(공연)하다 몡performance(=fulfillment)
- continue 통계속하다(되다) 혱continuous 몡continuity
- diligently 뫁부지런히, 열심히 혱diligent 몡diligence

📢 Famous quotes in English

The future depends on what we do in the present
(미래는 현재 우리가 하는 일에 달려 있다).

- Mahatma Gandhi

6.
Leadership also changes

One of the main characteristics of a good leader is the ability to adapt well to changing circumstances. So, they continuously seek leadership skills such as motivation, respect, and delegation, etc. Here are leadership skills necessary to manage your organization efficiently in rapidly changing times.

First, build self-esteem. They say that self- esteem means 'belief and confidence in your own ability and value'. It is a critical factor for you to lead and manage your organization more efficiently because the success of an organization depends on a leader's self-esteem.

Second, respect your members. Mutual recognition can generate synergy in the execution of tasks. And mutual respect can result in more accomplishments than usual. In other words, if there is no mutual respect, there may arise some conflicts between members and a leader. Therefore, you had better listen carefully to your members' opinions and not make unilateral decisions.

Lastly, delegate authority to team leaders. They will do their best to complete their assignments if you trust them. No one can grow up under an unreliable leader. For example, I have delegated authority to team leaders to operate the organization efficiently. As a result, I achieved remarkable results in the management performance evaluation in the second half of 2018.

In conclusion, leadership skills are very important factors to your organization management because they give you amazingly successful results. So, I hope that you can build self-esteem, respect members, and delegate authority for your organizational growth.

해설

Words & phrases

- adapt [동]적응하다(=adjust) [형]adaptive [명]adaptation
- circumstance [명]환경, 상황(ex. in any ~, 어떤 ~에서도)
- motivation [명]동기 부여, 자극 [동]motivate [형][명]motive
- respect [동]존경(존중)하다(=revere) [명]존중, 존경
- delegation [명]위임, 대표단, 대리 [동]delegate(=entrust)

- esteem 몡존경(ex. self-esteem, 자존감) 동존경하다
- confidence 몡자신감(=trust) 형confident 동confide
- critical 형중요한, 비판적인(=crucial) 몡critic(비평가)
- efficiently 분효율적으로 형efficient 몡efficiency
- recognition 몡인정(식)(=perception) 동recognize
- generate 동발생시키다(=engender, cause) 몡generation
- accomplishment 몡성취(=achievement) 동accomplish
- unilateral 형일방적인(ex. ~ decision, ~ 결정)
- assignment 몡임무, 과제, 배정(치) 동assign
- unreliable 형믿을 수 없는(=insincere, ←credible)
- remarkable 형주목할 만한(=astonishing) 몡동remark
- amazingly 분놀랍게도 형amazing 몡amazement 동amaze
- authority 몡권한(위), 재(인)가 동authorize

📢 **Famous quotes in English**

The best way to change the world is to change yourself
(세상을 바꾸는 최고의 방법은 자신을 바꾸는 것이다).

- 작자 미상

7.
Let's maximize work performance

Performance is closely related to evaluation in a workplace. Task performance means the level or result of a task. A leader should try to maximize the performance of tasks because good results give members satisfaction and sense of reward for work. I would like to explain two kinds of leadership roles to maximize organizational performance.

Firstly, create an environment where members can generate synergy in work. Experts say that a group with better performance is the one doing much discussion and interactions. And the leader provides members with psychological stability that there are not any disadvantages on whatever their opinions are. This is because close relationship is an important means to achieve common goals. For example, I encourage my members to discuss issues as much as possible until they find some solutions during performance management meetings.

Additionally, get members to develop their flexibility and adaptability. Change is a natural phenomenon that has existed in any ages. Also, it is difficult for you to predict what competencies will be needed in the future. Accordingly, when members face any difficulties, they should cooperate with each other and adapt flexibly to the situations. For example, I usually try to get employees to take on and offline business professional training courses such as management strategy, financial management, and economic issues, etc.

In conclusion, there are two kinds of leadership skills to maximize organizational performance: create an efficient work environment, and make members develop flexibility and adaptability. I hope that they can raise their competencies up to two times, and actively cope with rapid changes.

Words & phrases

- performance 몡성과(ex. ~ appraisal, ~ 평가) 동perform
- related 휑관련된 몡relation(=connection) 동relate
- evaluation 몡평가, 사정(=appraisal) 동evaluate

- result 몡결과(실) 동 …의 결과를 야기하다(= ~ in)
- maximize 동극대화(최대화)하다 몡maximization
- satisfaction 몡만(충)족 동satisfy 형satisfactory
- reward 몡보람(상) 동보상하다 형rewarding
- organizational 형조직의 몡organization 동organize
- generate 동발생시키다(=engender, cause) 몡generation
- interaction 몡상호 작용, 대화 동interact
- stability 몡안정(성)(=stableness) 형stable(=steady)
- disadvantage 몡약점(↔advantage) 형disadvantageous
- encourage 동격려(장려, 고무)하다 몡encouragement
- flexibility 몡유연(융통)성(=pliability) 형flexible
- adaptability 몡적응(순응)성 동adapt(=modify, adjust)
- predict 동예측(예견)하다(=forecast) 몡prediction
- competency 몡능력(=competence) 형competent
- cooperate 동협력(협조)하다 형cooperative 몡cooperation
- cope 동대응(대처)하다(=manage, handle) 몡덮개

📣 Famous quotes in English

The only difference between success and failure is the ability to take action
(성공과 실패의 차이는 오직 행동으로 옮기는 능력에 있다).

- Alexander Graham Bell

8.
A company should put quality before price

Recent news says that the profitability of Korean companies is deteriorating every year. I agree that it is due to the lack of price competitiveness resulting from high labor cost and the consumption reduction from low growth. A profit means the amount of money that we get from selling something for more than it costs us to buy or produce. Then what should a company do to maximize its profit?

First of all, create value. In fact, what customers want is not only goods or services, but also value. A company should always try to develop better goods or services so that customers can get more value than the price they pay.

Secondly, minimize business cost. Especially cut down indirect cost irrelevant to business operation. Nevertheless, do not reduce expenses for employee training and R&D, etc. Profit is the surplus remaining after total cost is deducted from total revenue. In order to generate as much profit as possible, a company should minimize cost while increasing revenue. If a company doesn't generate enough profit, it can neither sustain growth nor furnish resources for future business.

Lastly, motivate employees. Motivation causes them to do a good job and accomplish management goals. For example, I often praise them about their achievements and get them to enjoy satisfactory meal together twice a year. Also, I try to listen to their personal difficulties via the regular interview program twice a year.

In conclusion, most companies seek to generate profit in order to secure their sustainability. A profitable company gives employees many rewards and a sense of accomplishment for work. I hope that a company can generate more value, minimize cost, and get employees to work with joy, happily.

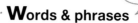

Words & phrases [해설]

- profitability [명]수익성 [형]profitable [명]profit
- deteriorate [동]악화하다(=decline) [명]deterioration
- consumption [명]소비(모) [동]consume(=spend)
- reduction [명]축(감)소, 인하 [동]reduce(=cut, squeeze)
- pay [동]지급하다(=settle) [명]payment(=settlement)
- operation [명]운영, 수술, 작전, 가동 [동]operate(=run)
- surplus [명]과잉, 흑자 [형]과잉(나머지)의(=superfluous)
- deduct [동]공제(감)하다(=subtract) [명]deduction
- sustain [동]지속시키다 [형]sustainable [명]sustainability
- furnish [동]제공하다(=supply, provide) [명]공급, 제공
- motivate [동]동기를 부여하다 [명]motivation, motive
- cause [동]…을 초래하다(=stir up, give rise to) [명]원인
- achievement [명]업적, 성취(=fulfillment) [동]achieve
- secure [동]확보(보장)하다 [형]안전한(=safe) [명]security
- profitable [형]수익성 있는 [명]profitability [명]profit
- reward [명]보람(상) [동]보답하다 [형]rewarding

📢 Famous quotes in English

The ocean is made of drops

(바다는 작은 물방울들이 모여 이루어진다).

- Theresa

9.
Let's empower employees

Empowerment is the process of gaining the power to handle tasks delegated by the superior autonomously. Used properly, empowerment can energize a company's culture and increase profitability. There are three ways to successfully empower employees.

First, clarify the contents of work to assign. That is to say, give a clear guide to the staff about the scope of work, duration, and available resources.

Second, develop the competencies of subordinate staffs in advance. This is because it is possible to assign tasks suitable to them if a superior knows their strengths and weaknesses.

Lastly, acknowledge subordinates' autonomy. Subordinate staffs can work efficiently by making their own decisions on daily tasks without needing to get approval from their superiors.

In conclusion, a superior should properly empower employees because it gives a company sustainable growth. That is to say, I am sure that it is possible to delegate authority successfully if a leader clarifies the work scope and actively supports their capacity development, autonomous business performance.

Words & phrases (해설)

- empowerment 명권한 위임 통empower(=authorize)
- delegate 통위임하다(=entrust, authorize) 명delegation
- autonomously 부자율적으로 명autonomy 형autonomous
- energize 통활기를 돋우다(=activate) 명energization
- profitability 명수익성 명profit 형profitable
- clarify 통명확하게 하다 형clear 명clarification
- assign 통배정(위임, 부과)하다 명assignment
- duration 명지속, (지속되는)기간(=period)
- available 형이용할 수 있는, 유효한(=valid) 통avail
- resource 명자(재)원(ex. human ~s, 인적 ~), 재료
- subordinate 명부하(=inferior, ↔superior) 형종속된
- competency 명능력(=competence) 형competent
- advance 명진(발)전 통발전하다 명advancement
- suitable 형적합한, 알맞은(=appropriate) 통명suit

- acknowledge 동인정(시인)하다 명acknowledgement

- autonomy 명자율성 형autonomous 부autonomously

- efficiently 부효율적으로 형efficient 명efficiency

- decision 명결정, 판단 동decide 형decisive

- approval 명승인, 인정(=permission) 동approve(=ratify)

- sustainable 형지속 가능한 동sustain(=maintain)

- scope 명범위(=range, scale), 여지 동자세히 살피다

- development 명개발, 발달, 성장(=progress) 동develop

- performance 명성과, 수행(=fulfillment) 동perform

🔈 Famous quotes in English

He who believes is strong; he who doubts is weak. Strong convictions precede great actions
(믿는 자는 강하고, 의심하는 자는 약하다. 강한 확신은 위대한 행동보다 우선한다).

- James Freeman Clark

10.
Let's aim for smart work

Now we live in a world where smart work is valued. Smart work helps us improve the performance and satisfaction that is obtained from the job. Here are three ways that team members can work smartly.

First, collaborate. Collaboration is similar to cooperation. It means the process of two or more people or organizations working together to complete a task or achieve a goal. To increase the effect of collaboration, a leader should build a balanced organizational structure that takes into account the capacity of team members. In my case, I got the best performance, grade S, in the second half of 2018, thanks to the effective collaboration among teams.

Second, always remember the true meaning of work. Team members should know why they work. If team members understand the meaning of work well, they can muster up strong energy and motivation. I often explain the meaning of work such as "working for the growth and happiness of our customers." to team members.

Lastly, share information about work. Team members should share roles, strategies, and detailed work information from their organization to maximize business performance. Sharing information itself enables them to make effective decisions. Also, if team members even share the way they feel while working, they can prevent unproductive emotional battles. For example, I got team leaders to hold performance evaluation meeting every other Wednesday to share lots of work information.

In conclusion, team members need to practise the above three ways so that they can maximize work performance. Collaborate, remember the meaning of work, and share information!

해설

Words & phrases

- value [동](소중하게) 생각하다, 여기다 [명]가치
- improve [동]개선하다, 나아지다 [명]improvement
- satisfaction [명]만(충)족 [동]satisfy [형]satisfactory

- obtain [동]얻다, 구하다 [형]obtainable [명]obtainment
- collaborate [동]협력하다(=cooperate) [명]collaboration
- complete [동]완료하다 [형]완벽한 [명]completion
- account [동]간주하다, 여기다 [명]계좌, 장부
- capacity [명]능력(ex. intellectual ~, 지적 ~), 용량
- meaning [명]의미, 뜻 [형]meaningful [동]mean
- muster 발휘하다(ex. ~ up courage, 용기를 ~) [명]소집
- motivation [명]동기 부여(ex. achievement ~, 성취 ~)
- growth [명]성장(ex. ~ potential, 성장 가능성) [동]grow
- share [동]공유하다(ex. ~ information, 정보를 ~) [명]몫
- maximize [동]극대화(최대화)하다 [명]maximization
- prevent [동]막다, 예방하다 [명]prevention
- unproductive [형]비생산적인(↔productive), 척박한
- evaluation [명]평가(=appraisal, assessment) [동]evaluate
- so that they can maximize performance: 그들이 성과를 극대화할 수 있도록

Famous quotes in English

Everything in your world is created by what you think

(세상의 모든 일은 당신이 무엇을 생각하느냐에 따라 만들어진다).

- Oprah Winfrey

11.
Let's be determied to change

Recently, McKinsey & Company says that more than 70% of innovators fail. Nevertheless, Goo Kwang-mo, LG Group chairman suggests that LG members should speed up the power of execution for fundamental and new changes. A company needs innovation for its growth even if the process of innovation faces some difficulties. Here are three ideas to be a truly innovative company.

First, pursue deep change. Deep change, so-called a fundamental innovation of business structure, means an irreversible and radical change that cannot be controlled from outside but is generated from within. For example, SK Group presented deep change as a main challenge task. SK Innovation Co. has started producing electric car batteries besides petroleum energy through fundamental innovation.

Second, change the entire process of organizational operation. It means fundamentally changing business core skills, market approach methods, and customer relationship to create new value. Harry Robinson, an innovation expert, presented change-oriented success criteria for a fundamental innovation such as financial performance, employee capacity improvement, and long-term sustainability. For example, McKinsey & Company acquired data analysis and design firms for its new value creation. It also charges its clients not on an hourly basis but based on its performance.

Lastly, learn from failures. Most companies tend to fail owing to unclear goal setting, weak organization power, and top-down management system. Nevertheless, it is very important to set bold sales goal. Price reform, launching new products, and volume expansion policy enable your company to increase sales and profits.

In conclusion, true innovation provides a company with sustainable development. No matter how difficult the process of innovation, a company should increase execution power for new changes. The need for innovation never disappears. I hope that a company can adapt well to rapid changes through fundamental innovation and lessons from failures.

[해설]

Words & phrases

- execution [명]실(수)행, 솜씨 [동]execute [명]executive
- fundamental [형]근본(필수)적인(=essential) [명]기본 원칙
- innovation [명]혁신, 쇄신 [형]innovative [동]innovate
- pursue [동]추구하다(ex. ~ pleasure, 쾌락을 ~) [명]pursuit
- irreversible [형]되돌릴(철회할) 수 없는(=irreparable)
- radical [형]근본(급진)적인(=basic) [부]radically
- petroleum [명]석유(ex. process ~, ~를 정제하다)
- operation [명]운영, 수술, 작전, 가동 [동]operate(=run)
- approach [명]접근(법)(=access) [동]다가오다(=come near)
- oriented [형]…을 지향하는 [동]orient [명]orientation
- criteria [명]표준, 규준, 기준(=standard, norms)
- sustainability [명]지속 가능성 [형]sustainable [동]sustain
- acquire [동]인수하다, 얻다(=obtain, gain) [명]acquisition
- bold [형]대담(용감)한, 굵은(=audacious) [명]굵은 활자체
- launch [명][동]출시(하다)(ex. a new product ~, 신상품 ~)
- expansion [명]확대(장), 팽창(=enlargement) [동]expand
- reform [명]개혁, 개선(=renovation) [동]개혁(개선)하다
- disapear [동]사라지다, 없어지다(=vanish, go away)
- adapt [동]적응하다(=adjust) [형]adaptive [명]adaptation
- rapid [형]급격한, 급진적(=radical) [명]rapidity [부]rapidly

📢 Famous quotes in English

The problem is not the problem; the problem is your attitude about the problem

(문제 자체가 문제가 아니라 진짜 문제는 문제를 대하는 태도이다).

- Johnny Depp

12.
Let's overcome difficult management environment

Recently, there has been growing concern about long-term recession in Korea. Huh Chang-soo, the chairman of GS Group, said specifically that "Uncertainty of the global economy is increasing owing to population aging, Japan's export controls, and prolonged US-China trade dispute", at an executive meeting on Oct. 16th, 2019. Therefore, we need to discuss ways to overcome difficult management environment because the economy is deeply related to our lives.

First, stick to the basics. Huh insisted on the basic management method by quoting "When the basics are in place, the path reveals itself." from the Analects of Confucius. Eventually, Korean companies should stick to the basics to overcome many types of difficulties and not be lazy in strengthening basic capabilities. For example, Huh emphasized that group members should not only accumulate experience from both successes and failures at various sites, but also create systems and processes that can be shared together.

Second, establish response strategies for different scenarios. Considering what Huh said, Korean companies shouldn't follow traditional behavioral practices with groundless optimism. Also, Korean companies should not be shrunk in excessive pessimism even though exports, the crutch of Korea's economy, have declined significantly from the previous year. Therefore, Korean companies ought to respond to this uncertainty with a confident and active attitude.

Lastly, reinforce business portfolios. According to industry news, GS Caltex Corporation is operating all-in-one gas stations that offer gasoline, liquid propane gas, and electricity together. Also, GS Retail Company is managing a personal mobility platform for electric kickboards which is targeted toward Millennials.

In conclusion, Korean companies should find ways to get over difficult management environment because the economy has a serious impact on our lives. I hope that Korean companies overcome the uncertain business environment by sticking to the basics, establishing response strategies for rapid changes, and reinforcing business portfolios.

- concern 몡우려, 걱정(=worry, interest) 통관련되다

- recession 몡불경기, 불황(=depression) 통recess

- specifically 뷔명확하게, 특별히 휑specific

- uncertainty 몡불확실성 휑uncertain

- prolong 통연장하다(시키다)(=extend) 몡prolongment

- dispute 몡분(논)쟁(=argument) 통이의를 제기하다

- overcome 통극복하다, 이기다(=surmount, beat)

- environment 몡환경(ex. a congenial ~, 마음에 드는 ~)

- insist 통주장(고집)하다 휑insistent 몡insistency

- reveal 통드러내다, 밝히다(=disclose) 몡revelation

- analects 몡어록, 선집(ex. the ~s of confucius, 논어)

- strengthen 통강화하다 몡strength(힘, 기운)

- capability 몡능력, 역량(=competence) 휑capable

- emphasize 통강조(역설)하다(=stress) 몡emphasis

- accumulate 통축적하다 휑accumulative 몡accumulation

- response 몡대응(답), 응답(=reply) 통respond(=react)

- traditional behavioral practices: 기존의(전통적인) 행동 방식(관행)

- groundless 휑근거 없는 몡ground(땅, 지면)

- shrink 통줄어들다, 오그라지다(=shrivel)

- excessive 휑과도한 통exceed 몡excess

- crutch 몡목발, 버팀목(ex. a ~ of economy, 경제의 ~)

- with a confident and active attitude: 자신 있고 능동적인 자세로

- reinforce 통강화하다 몡reinforcement(=consolidation)

- offer 동제공(제안)하다(=provide, furnish) 명제공(의)

- liquid 형액체의 명액체, 액상(=fluid)

- retail 명소매(상)(↔wholesale) 동소매하다 형소매(상)의

- millennial 명천년간의(Millennials: 1980~2000년 초반 출생한 세대)

- serious 형심각(절박)한(=grave, urgent) 명seriousness

- rapid 형급격한, 급진적(=radical) 명rapidity 부rapidly

📢 Famous quotes in English

The successful man will profit
from his mistakes and try again in a different way
(성공하는 사람은 실수로부터 배우려 하고 다른 방법으로 다시 도전한다).

- Dale Carnegie

13.
More thinking makes a proposal better

Planning means the activity of thinking about and deciding how you are going to do something. A planner tends to get a sense of accomplishment through the implementation of a proposal. There are five ideas to be a good planner.

First, develop writing skills. It means the ability to grasp content and organize it in order. Writing skills help you present appealing logic to others.

Second, build up data research skills. It refers to the ability to collect and use appropriate data to prove your point. You need these skills because the value of a proposal depends on a planner's research level.

Third, develop analytical thinking skills. It means the ability to realize abstract ideas into a tangible form. In other words, analytical skills enable you to combine data to create new content.

Fourth, improve editing skills. Editing is the process of

correcting and arranging contents in accordance with the purpose of a proposal. They say that good-looking rice cake tastes good as well. You should make a proposal that the demander wants to read it at first sight.

Lastly, be a challenger. You should make a proposal that shines even more in difficult circumstances. Also, you need confidence in yourself to challenge new problems without worrying.

To be a good planner, you need to look more closely at issues than others and come up with ideas that nobody else thought. I hope that you can build up the above five planning skills and make good proposals in the near future.

Words & phrases 해설

- decide [동]결정(판단)하다 [명]decision [형]decisive
- activity [명]활동, 움직임 [형]active(=energetic)
- accomplishment [명]성취, 완수 [동]accomplish(=achieve)
- implementation [명]시(이)행 [동]implement(=carry out)
- proposal [명]제안(서), 청혼, 건의 [동]propose
- grasp [동]파악(이해)하다 [명]꽉 쥐기(=grip)

- organize [동]구조화하다 [형]organizational [명]organization
- appealing [형]호소하는, 매력적인 [동]appeal [명]항소, 어필
- research [동]조사(연구)하다(=study) [명]연구, 조사
- collect [동]수집하다(=gather, amass) [명]collection
- depend [동]의존하다 [형]dependent [명]dependence
- realize [동]실현하다 [명]realization(ex. self- ~, 자아~)
- abstract [형]추상(관념)적인(↔concrete) [명]abstraction
- tangible [형]실재하는, 유형의(ex. ~ asset, 유형 자산)
- embody [동]구체화(구현, 상징)하다 [명]embodiment
- combine [동]결합하다 [명]콤바인(농기계) [명]combination
- correct [형]올바른, 정확한 [동]정정하다 [명]correction
- arrange [동]정리(배열, 마련, 처리)하다 [명]arrangement
- demander [명]요구자(=requester) [동]demand
- circumstance [명]환경, 상황(ex. in any ~, 어떤 ~에서도)
- confidence [명]자신감(=trust) [형]confident [동]confide
- issue [명]문(주)제, 쟁점, 발행(=publication) [동]발표하다

Famous quotes in English

The more we do, the more we can do.

(하면 할수록, 더 많이 할 수 있다).

- William Hazlitt

14.

Let's keep our promise with the company

I would like to explain briefly my thoughts on work life. I made six serious promises when I joined Korea Credit Guarantee Fund(KCGF) in January 1991.

This pledge got me to take pride in our company. It made me do my best for the growth and development of clients. Especially, when I worked at the business branch over ten years or more, I had played an important role in helping customers, namely Small and Medium Enterprises(SME) create jobs. Eventually, I received the Prime Minister's Award for my achievements in financial support for jobs creation in May 2011.

In conclusion, KCGF's sufficient compensation allowed our children to enter excellent universities, to be filial to our parents, and maintain friendships. I am still grateful for KCGF because it has been the growth ladder of my life. I hope that SMEs grow up and our employees do not stop growing with KCGF's continued support.

KCGF Charter

Korea Credit Guarantee Fund(KCGF) contributes to balanced national economy development by supporting access to finance for SMEs and reinforcing stability in the financial market.

To be a trustworthy employee with a strong sense of mission that prioritizes the public interest, I pledge to our company as follows.

- First, we contribute to national economy development through the realization of a credit society, and pursue co-prosperity with customers.
- Second, we always put myself in the shoes of SMEs and strive to create a society where SMEs have hope.
- Third, we perform my duties fairly and honestly based on high moral standards.
- Fourth, we create new value through constant change and innovation.
- Fifth, we fulfill social responsibilities and roles as members of the community.
- Sixth, we respect the personality of each employee and promote mutual development based on trust and cooperation.

Words & phrases 해설

- explain [동]설명(해명)하다(=account for) [명]explanation
- briefly [부]잠시, 간단히(=in brief, shortly) [형]brief
- promise [동]서약하다(=pledge) [명]약속(=appointment)
- join [동]입사(가입)하다 [형][명]joint(합동의, 관절)
- pledge [명]서약(=commitment), 약속, 맹세 [동]약속하다
- growth [명]성장, 증가(=increase) [동]grow
- development [명]개발, 발달(=advancement) [동]develop
- achievement [명]업적, 성취(=fulfillment) [동]achieve
- financial support for jobs creation: 일자리 창출을 위한 금융 지원
- compensation [명]보상(금), 이득 [동]compensate
- filial [형]효심 있는(ex. be ~ to parents, 부모에게 ~하다)
- grateful [형]고마워(감사)하는(=thankful) [명]gratitude
- ladder [명]사(닥)다리, 단계 [동](스타킹의) 올이 풀리다
- continued [형]지속적인 [동]continue [명]continuity

KCGF Charter

- contribute [동]기여(기증)하다 [명]contribution(=donation)
- balanced national economy development: 균형된 국민 경제 발전
- access [명]접근, 입장(↔egress) [동](컴퓨터에) 접속하다
- reinforce [동]강화(보강, 증강)하다 [명]reinforcement
- stability [명]안정(성) [형]stable(=steady, balanced)
- trustworthy [형]신뢰할(믿을) 수 있는(=reliable) [명]trust
- prioritize [동]우선으로 처리하다 [명]priority [형]prior
- realization [명]실현(ex. self-~, 자아~) [동]realize

- pursue [동]추구(추적, 계속)하다(=seek) [명]pursuit
- pursue co-prosperity: 공동 번영을 추구하다
- strive [동]분투하다, 애쓰다(=effort, endeavor) [명]strife
- perform [동]수행(공연)하다(=carry out) [명]performance
- moral [형]도덕의(ex. ~ values, ~ 가치관) [명]morality
- constant [형]끊임(변함)없는 [명]정수, 불변성(=constancy)
- through constant change and innovation: 끊임없는 변화와 혁신을 통해
- respect [동]존중(존경)하다(=revere) [명]존중(↔disrespect)
- promote [동]촉진(홍보)하다, 승진시키다 [명]promotion

📢 Famous quotes in English

Never complain. Never explain

(절대로 불평하지도 변명하지도 말라).

- Katharine Hepburn

15.
Let's write a report that doesn't copy others'

A report is a description of an event or situation. You need to write a report using proper words so that participants can read and understand at once. Here are three ideas to write a report that readers can clearly understand and agree with.

First, clearly show the key issues. In other words, you should accurately specify key issues based on facts and information gathered through data collection and research. And you had better write a report that reflects your message on key issues.

Second, follow the principles of simplicity and clarity. In case of a Korean report, it is really good to limit each sentence to 50 letters, 20 words, and 2 lines. You had better use correct and easy words rather than jargons or abbreviations. There is no need to put more than two messages in a sentence. Also, you must clearly write the subject, verb, and object in a sentence.

Lastly, write a good-looking report. A good-looking report is easy to read. You are able to make a good-looking report by using proper graphs, diagrams, and character map. Also, you had better include the table of contents, pages, and references if your report is long.

In conclusion, it is not convincing to make a claim without an objective basis. That is why you use examples, related theories, and statistics when you write a report. Additionally, I want you to write an analytical and comprehensive report by reflecting on different perspectives. I am sure you can write a compelling and nice report if you follow the above writing skills to the letter.

Words & phrases 해설

- description 몡서(기)술, 묘사 됭describe 혱descriptive
- situation 몡상황, 처지(ex. a critical ~, 위중한 ~)
- specify 됭(구체적으로)명시하다 혱specific
- collection 몡수집, 채권추심, 패션 발표회 됭collect
- reflect 됭반영하다, 비추다 몡reflection
- simplicity 몡단순성 혱simple 됭simplify

- clarity 명명확성, 투명성(=lucidity) 형clear 동clarify
- correct 형정확한, 맞는 동바로잡다 명correction
- jargon 명(전문·특수)용어, 은어(=terminology, argot)
- abbreviation 명약(생략)어, 축약(형) 동abbreviate
- use properly diagrams and character map: 도표, 문자표를 적절히 사용하다
- include 동포함(포용)하다 형inclusive 명inclusion
- reference 명참고(조), 언급 동참고 목록을 달다(=refer)
- enclosure 명첨부물, (편지에) 동봉된 것 동enclose
- objective 형객관적인(=unbiased) 명목적(=purpose)
- additionally 부게다가 형additional 명addition 동add
- analytical and comprehensive report: 분석적이고 종합적인 보고서
- perspective 명관점, 시각(=viewpoint, standpoint)
- compelling 형설득력 있는 동compel 명compulsion

📢 Famous quotes in English

Conformity is the jailer
of freedom and the enemy of growth
(남을 따라 하는 것은 자유의 간수이자 성장의 적이다).

- John F. Kennedy

Chapter

2

Actions rather than words

Self-care

1.

Let's learn the importance of preparation from Yi Sun-shin

History is a mirror with which we observe the present and see the future. Through Admiral Yi, who is still shining in indelible history, we need to understand the present and thoroughly prepare for the future. Especially, facing the era of unceasing global economic wars, I agree that we should cope well with the current situation with a cool-headed understanding of the problem. Historical implications that we should learn from Admiral Yi Sun-shin's outstanding achievements are as follows.

Firstly, learn from him the spirit of thorough recording. One of the most valuable recordings in Korean history is 『A war diary』 that he wrote nearly every day during the 7-year-long Yimjin wars. The content of the book consists of military strategies, correspondence with family, award and punishment records of his subordinates, etc. Writing enables you to find out who you are and increase your self-esteem. Also, it helps you heal your mental health and preserve your lives.

Secondly, be prepared. Admiral Yi never forgot the strategic principle that "If you know your enemies and know yourself, you will never be in peril in a hundred battles." from 『The art of War』 by Sun Tzu, a Chinese military strategist. In the end, he set the record of 23 wins out of 23 battles thanks to his creative preparation strategies, namely the construction of the Turtle Ship. Recently, Korea's economy is facing serious difficulties due to Japan's provocative export regulation. We should reduce external dependence of materials and components through technology development and domestic production.

Lastly, build trust. Admiral Yi was able to conscript soldiers and gather materials in a short period of time even though he was empty-handed in the beginning of an unexpected war. It was because he gained a lot of trust from his subordinates and ordinary people thanks to his honest and warm personality. If a company wants to boost its competitiveness in the global market, it is essential to get continuous trust from customers, staff, and stockholders. Hence, the CEO should operate a company with honesty and transparency.

Considering Admiral Yi's achievements, his strong spirit of overcoming hardships and his excellent strategies of winning all wars must be a great example to all of us. Thus, we will surely gain victory in the era of harsh global economy wars if we follow Admiral Yi's outstanding leadership style.

Words & phrases [해설]

- observe [동]준수(관찰)하다 [명]observance, observation
- admiral [명]제독, 해군 장성(=fleet commander)
- indelible [형]잊을 수 없는, 불멸의(=permanent, immortal)
- prepare [동]준비(대비, 마련)하다 [명]preparation
- unceasing [형]끊임없는(=incessant, continuous, constant)
- implication [명]시사, 암시 [동]imply(=suggest) [동]implicate
- outstanding [형]뛰어난, 두드러진(=prominent, leading)
- thorough [형]철저한(=complete, ex. ~ reform, ~ 개혁)
- correspondence [명]서신(=communication) [동]correspond
- punishment [명]처벌, 형벌(=penalty) [동]punish
- subordinate [명]부하, 하급자(=inferior) [형]부수적인
- preserve [동]보존(보호)하다(=protect) [명]preservation
- strategic [형]전략적인(=tactical) [명]strategy
- provocative [형]도발적인 [명]provocation [동]provoke(=goad)
- domestic [형]국내(가정)의(=internal, home) [동]domesticate

- reduce [동]줄이다, 축소(인하)하다(=lessen) [명]reduction
- conscript 징집(징병)하다(=call up) [명]징집병
- boost [동]신장시키다, 북돋우다 [명]격려, 힘, 부양책
- reinforce [동]강화(보강, 증강)하다 [명]reinforcement
- essential [형]필수(본질)적인(=indispensible) [명]essence
- transparency [명]투명성, 명백함 [형]transparent(=obvious)
- overcome [동]극복하다, 이기다(=surmount, beat)
- hardship [명]역경(=adversity, trouble, trial) [형]hard
- harsh [형]엄격한, 냉혹한(=strict, stern, severe) [명]harshness

📢 Famous quotes in English

Fortune favors the prepared mind

(행운은 준비된 사람에게만 온다).

- Louis Pasteur

2.

Questions exist everywhere in life

Question seems to exist anywhere in your life. Therefore, the question is an important factor in changing our lives in a meaningful way. A question is a problem or point which needs to be considered. I'd like to state three kinds of skills to ask a good question.

First, consider the answerer's position. In order to do so, you need to at least know who he is. If you try to understand his characteristics and position, you can ask a good question that matches the situation. Because a good question helps your opponent answer sincerely, you can get the solutions you want by asking good questions.

Second, remember diverse types of questions. It is because they can be used as the foundation for meaningful questions. For example, you can ask open questions using interrogative pronouns such as 'How(How can we make innovative products that the market wants?)', 'What if(What if the economy slows down?)',

'Why(Why did the accident happen?)', etc.

Lastly, ask as many questions as you can. The more questions you try to ask, the more skills for better questions you can get. I often ask my employees questions to get the information I want.

In conclusion, you can ask someone whether it is true, reasonable, or worthwhile. It is said that the ruler of question dominates his life. I want you to ask as good a question as possible. I wish you can change your life by asking a good question because the question is deeply related to your life.

Words & phrases

- exist 魯존재하다 魯existence 魯existing(기존의)
- meaningful 魯의미 있는 魯meaning(=sense) 魯魯mean
- consider 魯고려(사려)하다 魯consideration 魯considerate
- characteristics 魯특수성, 형질, 문자 魯characteristic
- opponent 魯상대(↔adversary), 반대자(=antagonist)
- situation 魯상황, 처지(ex. a critical ~, 위중한 ~)
- diverse 魯다양한(=various) 魯diversity(=variety)
- interrogative 魯질문하는(형태의) 魯interrogate
- skill 魯기량(술)(ex. ~ acquisition, ~ 습득) 魯숙련된

- employee 몡종업원 통employ 몡employment
- reasonable 휑합리적인, 타당한, 적정한(=fair) 몡통reason
- worthwhile 휑…할 가치가 있는(=valuable) 몡worth
- dominate 통지배하다(=rule) 몡domination 휑dominant
- relate 통관련시키다(=connect) 휑related 몡relation

📢 Famous quotes in English

The important thing is never to stop questioning
(중요한 것은 계속 의문을 갖는 것이다).

- Albert Einstein

3.
Let's be a reliable leader

One of the characteristics of a good leader is reliability. It means how trustworthy someone is. A reliable leader is very interested in the development of a company and the growth of its members. Also, a trustworthy leader can generate better results because he can get help from his members. There are three ideas to be a reliable leader.

First, show your problem-solving ability to your members. No matter how difficult things around you become, a leader should have the ability to solve problems faced by his members. I am deeply interested in members, work, and customers to solve various kinds of difficulties.

Second, present your members a clear goal. For example, our organization's mission is "We give clients the joy of growth and the hope of success by supporting their access to finance". I encourage members to accomplish our goal based on each member's expertise and my positive relationship with them.

Lastly, take initiatives. I have implemented work proposals on organizational development and growth for a long time. Also, I am studying English to share information about global economy with my members.

In conclusion, a trustworthy leader has an important role in accomplishing the management goals of a company. They can also get good results through smooth communication with their members. I hope that you can be a reliable leader who your members follow voluntarily, by putting these three ideas into practice steadily.

Words & phrases 해설

- characteristic 몡특징 톙특유의(=peculiar) 몡character
- reliability 몡신뢰성(도)(=credibility) 톙reliable
- trustworthy 톙신뢰할(믿을) 수 있는(=reliable) 몡trust
- development 몡개발, 발달(=advancement) 통develop
- growth 몡성장, 증가(=increase) 통grow
- generate 통발생시키다(=engender, cause) 몡generation
- ability 몡능력, 재능(=capacity, capability) 톙able
- difficult 톙어려운, 곤경에 처한 몡difficulty(=problem)

- access 몡접속(근)(ex. Internet ~, 인터넷 ~) 통access
- finance 몡재원(무), 자금 통자금을 대다 혱financial
- encourage 통격려하다(=recommend) 몡encouragement
- accomplish 통성취하다(=achieve) 몡accomplishment
- expertise 몡전문지식(기술)(=know-how, skill)
- positive 혱긍정적인, 확신하는 뿐positively
- initiative 몡주도(권), 계획, 결단력
- proposal 몡제안, 청혼(=suggestion) 통propose
- organizational 혱조직의 몡organization 통organize
- share 통공유하다, 나누다(=job ~ing, 일자리 ~) 몡몫
- voluntarily 뿐자발적으로 혱voluntary(↔compulsory)
- practice 몡실천(실행) 통practise(=execute)
- steadily 뿐착실하게 혱steady(=constant) 통steady

📢 Famous quotes in English

Only the person who has faith in himself is
able to be faithful to others
(스스로를 신뢰하는 사람만이 다른 사람들에게 성실할 수 있다).

- Erich Fromm

4.

It is your will that matters

To live healthy lives, many people try to stay in shape. It gives positive energy to our lives. For a real example, here are two ways to keep in shape every day.

First, stretch your body in the morning. It takes only seven minutes to restore your body that has been twisted during sleep. For example, I do five kinds of poses on my bed as soon as I wake up in the morning. They are pelvis correction, big toes stroke, abdomen and waist reinforcement, and push-up. These exercises make body flexible and clear my mind.

In addition, walk over fifty minutes a day. You can either walk without thinking or walk with some purpose. Walking exercise helps you bring fresh ideas and change your mind in a positive state. In my case, I walk three times or so every week because walking itself lets me solve my problems.

In conclusion, light exercises on the bed in the morning straighten your body and mind. And walking is the most important and basic exercise for your healthy life. I hope that you can live a healthy and fun life by doing these exercises regularly.

Words & phrases 해설

- shape 명모양(=figure, ex. keep in ~, ~를 유지하다)
- positive 형긍정적인(=affirmative) 부positively
- restore 동복원(복구)하다 명restoration 형restorative
- pelvis 명골반 형pelvic(ex. ~ bones, ~뼈)
- correction 명교(수)정 형동correct(↔incorrect)
- stroke 명타법, 치(때리)기, 맥박 동어루만지다(=pat)
- abdomen 명배, 복부 형abdominal(ex. ~ pain, ~ 통증)
- reinforcement 명강화, 보(증)강 동reinforce
- addition 명덧셈, 추가(↔subtraction) 동add(↔subtract)
- purpose 명목적, 의(용)도, 취지(ex. on ~, 일부러)
- bring 동가져(데려)오다, 초래하다(ex. ~ up, 기르다)
- conclusion 명결론(말) 동conclude 형conclusive
- straighten 동똑바로 하다, 펴다, 가다듬다 형부straight
- regularly 부규칙(정기)적으로 형regular 명regularity

📢 Famous quotes in English

People do not lack strength, they lack will
(사람에게 부족한 것은 강한 힘이 아니라, 의지이다).

- Victor Hugo

5.
Let's build up confidence

Are you confident in yourself? Self-confidence means the belief that you can do things well and other people respect you for that. You need to build your self-confidence because it makes your life worth living. Here are some ideas to build self-confidence.

First, be active in the group that you are interested in. If you do so consistently, you are able to broaden your networks in a positive way. And you can grow your potential to be a more capable leader in the future. Also, the information and idea that you acquire in the group activities can be very helpful for your life.

Second, take good care of your health. Health is the foundation for every aspect of your life, and it enables you to be active in your life. For example, I do five kinds of poses such as pelvis correction, big toes stroke, abdomen and waist reinforcement, and push-up in the morning. These simple exercises get me to improve my body which might be twisted while sleeping. Also, I walk over fifty minutes after work because it refreshes my mind.

Lastly, be a good listener. They say that only a good listener can be a good speaker. A good listener always tends to listen and speak from the other person's perspective. So empathetic listening gives trust to others and lets you learn the wisdom of life. In my case, I listen attentively to employee's difficulties or suggestions and sincerely attempt to solve their problems.

In conclusion, self-confidence is an important factor in making your life worth living. In addition, confidence makes your body and mind vibrant. I am sure that you can be a more desirable person If you follow these three lifestyles consistently: being active, taking good care of your health, and being a good listener.

해설

Words & phrases

• confident 형자신감 있는 명confidence 동confide
• belief 명신념(=creed), 믿음 동believe

- respect 동존중(경)하다(=revere, look up to) 명존중
- active 형적극적인(=energetic) 명능동태 명activity
- broaden 동넓어지다(하다) 형broad(↔narrow) 명breadth
- potential 명가능성 형잠재적인 명potentiality
- foundation 명기반, 재단, 창립 동found(=establish)
- movement 명움직임, 이(운)동(=motion) 동move
- ultimately 부궁극적으로, 결국(=eventually) 형ultimate
- tend 동…하는 경향이 있다 명tendency(=trend)
- perspective 명관점, 시각(=viewpoint, standpoint)
- empathetic 형공감하는(=empathetical), 이해심이 있는
- attentively 부조심스럽게, 신경 써서 형attentive
- suggestion 명제안(의), 시사(=proposal) 동suggest
- factor 명요소(인)(=element, requisite) 동factorize
- worth 형…의(할) 가치가 있는 명가치(=value, price)
- vibrant 형활기찬, 생기가 넘치는(=exciting), 강렬한

📢 Famous quotes in English

Self-confidence is the first requisite to great undertakings
(자신감은 위대한 과업의 첫째 요건이다).

- Samuel Johnson

6.
Let's live meaningful lives

Many people try to live meaningful lives with such pur-
poses as success, satisfaction, or fulfillment. Besides, your
happiness is deeply related to a desirable life. Here are three
ideas to live a meaningful life.

First, be a cultured person. You need to learn basic ways
of life such as common knowledge, rules of life, and social
etiquette. They enable you to live in harmony with others and
get you to lead your life autonomously.

Second, be more humanist. Education is the most impor-
tant means to restore humanity. For example, if you learn
the wisdom of life by reading more books, you can grow a
warm-hearted personality.

Lastly, be responsible for the society you live in. It means
that a cultured person should have social responsibility for their
community and the people around them. To grow a spirit of ser-
vice, you need to listen carefully to other people's needs.

In conclusion, we live in an age where empathic ability is required to understand other people's feelings or situations. I am sure that you cannot live a meaningful life without keeping these ideas in your mind. I hope that you will be a cultured, humanistic, and socially responsible person so that you can live a meaningful life.

Words & phrases 해설

- meaningful 형의미 있는 명meaning(=sense) 동형mean
- satisfaction 명만(충)족 동satisfy 형satisfactory
- fulfillment 명성취, 수행(=performance) 동fulfill
- etiquette 명예의(=manners), 에티켓
- enable 동…을 가능하게 하다(=allow, ↔unable) 형able
- autonomously 부자율적으로 명autonomy 형autonomous
- humanity 명인간(성), 인류(애) 형humane 명human
- personality 명성격(=character), 인격, 개성
- responsibility 명책임(무)(=obligation) 형responsible
- conclusion 결론(말) 동conclude 형conclusive
- empathetic 형공감하는, 공감적(ex. ~ ability, ~ 능력)
- require 동요구(필요로)하다(=need, want) 명requirement
- situation 명상황(ex. a critical ~, 위중한 ~), 처지

📢 Famous quotes in English

To change our lives, we must start immediately and do it flamboyantly. No exceptions
(인생을 바꾸려면 지금 당장 시작하여 대담하게 실행하라. 예외란 없다).

- William James

7.
Let's improve memory

Memory plays an important role in your life. It is an ability to remember facts or past events. As time passes by, it seems like your memory deteriorates. The older you get, the weaker your memory gets. Good memory helps you learn, work, and communicate efficiently. Here are two ways to improve your memory.

Firstly, make writing memos a habit. A memo is a short message to other people or yourself. Writing memos itself enables you to easily remember the facts that you don't want to forget. In my case, I usually use Post-it's to send messages to the staff. Every morning before work, I briefly write down my schedule for the day and the things that need to be done, on a memo sheet. This habit clearly has the effect of keeping memory for a long time.

Additionally, live a regular life. This is because it makes your brain healthy. You should at least sleep for seven hours.

You must stop smoking. Also, you should drink as little as possible. For example, I quit smoking on October 3, 2003. Nowadays I often go on a walk along the riverside near my house whenever I have time for it. Walking also helps me generate good ideas that are helpful to my daily life.

In conclusion, good memory is an essential factor to live an efficient life. I hope that you can improve your memory by putting these kinds of habits into practice.

Words & phrases 해설

- memory 몡기억(력), 회상 몡혱memorial 통memorize
- deteriorate통악화되다(=get worse) 몡deterioration
- efficiently 븅효율적으로 혱efficient 몡efficiency
- improve 통개선하다 몡improvement(home ~, 주택 ~)
- enable 통 …을 가능하게 하다(=allow) 혱able
- briefly 븅간단히(=in short, concisely), 잠시 혱brief
- additionally 븅게다가 혱additional 몡addition 통add
- quit 통(직장, 학교, 하던 일 등을)그만두다, 떠나다
- generate 통발생시키다(=engender, cause) 몡generation
- essential 혱필수(본질)적인(=indispensable) 몡essence
- factor 몡요소(인)(=element, requisite) 통factorize
- practice 몡실행(천), 관례 통practise(=execute)

📢 **Famous quotes in English**

Concentration comes out of a combination of confidence and hunger
(집중력은 자신감과 갈망의 결합으로부터 생긴다).

- Arnold Palmer

8.
Let's maintain a positive attitude

I agree with the statement that a positive attitude is one of the most important factors in achieving your dream. Your success depends on how you think and behave. There are three ideas to maintain a positive attitude.

First, develop self-confidence. Self-confidence is the belief that you can do anything well. It enables you to generate positive thoughts. If you lose self-confidence, your mind may change from positive to negative. As for me, to boost my self-confidence, I walk along the riverside near my house three times or so every week.

Second, be passionate. A passionate person tends to take the lead in his life. I want you to be passionate for work, study, and hobby. For example, I usually concentrate on work, self-development, and exercise with passion.

Lastly, meditate. Meditation is the act of thinking about something very carefully and deeply for a long time. In other words, it is focusing your mind on a particular object, thought, or activity. It helps you keep a mentally clear and emotionally stable state. So, you should try to meditate at least three times a week.

In conclusion, success depends on your attitude. You should put these ways into practice consistently to maintain a positive mindset. I hope that you can achieve your life goal without failing by means of self-confidence, passion, and meditation.

Words & phrases 해설

- statement 명진술, 성명서(=declaration, announcement)
- positive 형긍정적인, 확신하는 부positively
- depend 동의존하다 형dependent 명dependence
- behave 동행동하다(=ex. ~ with integrity, 진실되게 ~)
- develop 동발달(성장)하다 명development(=progress)
- confidence 명자신감(=trust) 형confident 동confide
- passionate 형열정적인(=ardent, fervent) 명passion
- lead 명주도권, 우세(ex. take the ~, ~을 쥐다) 동이끌다
- concentrate 동집중하다(=focus on) 명concentration
- meditate 동명상(묵상)하다 명meditation 형meditative

- particular 휑특정(특별)한(=specific, certain)

- stable 휑안정적인(된)(=steady, balanced) 휑stability

- conclusion 휑결론(말) 휑conclusionally 휑conclusive

- consistently 휑지속해서 휑consistent 휑consistency

- achieve 휑완수(성취)하다(=accomplish) 휑achievement

📢 **Famous quotes in English**

The greatest pleasure in life is doing
what people say you can not do
(인생의 가장 큰 기쁨은 사람들이 할 수 없다고 말하는 일을 해내는 것이다).

- Walter Bagehot

9.
Actions speak louder than words

In 2015, I made a plan to achieve my life goal. The goal was "Work-Life Harmony" through empathetic listening. It is said that empathetic listening helps you gain wisdom of life and build trust in a relationship. Here are four strategies I devised to achieve my life goal.

First, I will be a leader trusted by my employees. What are the conditions of a reliable leader? The first one is being consistent. I always try to make a reasonable decision to solve the problems that my subordinates face. The second one is presenting clear goals. Whenever I start a project with my members, I clearly present to them the mission, goals, and strategies of the project. The last condition is supporting subordinates' growth. I try to understand their difficulties through empathetic communication and grant them as much authority as possible. Also, I try to compliment them concretely and be generous to them.

Second, I will make my family stable and happy. I have been saving and investing money to be economically independent of my family by 2020. In addition, I will support my family members mentally and economically so that they can become top talents with professional skills. For example, I give them various types of information that is necessary for their lives. I try to enable them to live autonomous lives by supporting their hobbies, bailiwicks, and social relationships.

Third, I will form win-win relationships from which everyone benefits. Such a good relationship enables me to improve my physical and mental condition. Nowadays, I actively participate in social gatherings such as golf matches, go games, and walking events. Consistent participation in social activities helps me generate positive energy, joy, and happiness.

Lastly, I will live a wonderful life through three ways of thinking. The first one is introspection. Introspection helps me review my failures and mistakes. It makes today better than yesterday. The second one is observation, which teaches me the meaning and value of things. The true meaning of observation is thinking once more about why things happen. The third one is insight, which helps me predict what will change in the future. With introspection, observation, and insight, I will soon achieve my dream of establishing a global language institute and publishing self-help books.

In conclusion, my life goal is gaining "Work-Life Harmony" through empathetic listening. I set four kinds of strategies to achieve my life goal: be a trusted leader, make my family stable and happy, form mutually beneficial relationships, and live a wonderful life. The most important thing is determination. I am sure that consistent determination is the most important factor to accomplish my life goal.

Words & phrases 해설

- work-life harmony: 일과 삶의 조화
- empathetic 휑공감하는(적인)(ex. ~ talk, ~ 대화)
- trust 휑신뢰(탁, 임)(=confidence, faith) 휑믿다
- strategy 휑전략, 계획(=tactic, plan)
- devise 휑창안(고안)하다(=think up, invent) 휑device
- reliable 휑믿을수 있는(=trustworthy) 휑reliability
- consistent 휑일관된, 한결같은 휑consistency
- decision 휑결정, 판단 휑decide 휑decisive
- grant 휑승인(허락, 인정)하다 휑보조금(=~ aid)
- delegate 휑위임하다(=entrust, authorize) 휑delegation

- authority 똉권한(위), 재(인)가 똉authorize
- compliment 똉칭찬(찬미)하다(=praise) 똉칭찬, 찬양
- generous 똉너그러운, 관대한(tolerant) 똉generosity
- stable 똉안정적인(된)(=steady, balanced) 똉stability
- independent 똉독립된(=self-governing) 똉independence
- various 똉다양한 똉variety 똉variation(변화, 차이)
- enable 똉…을 가능하게 하다(=allow, ↔unable) 똉able
- autonomous 똉자율적인(=independent, self-regulating)
- bailwick 똉전문 분야(=particular area of interest)
- benefit 똉유익하다 똉beneficial(=favorable, ↔harmful)
- improve 똉개선(향상)하다(=enhance) 똉improvement
- participate 똉참가(참여)하다 똉participation
- gathering 똉모임, 수집(ex. news-~, 뉴스 ~) 똉gather
- generate 똉발생시키다(=engender, cause) 똉generation
- introspection 똉성찰(=self-examination) 똉introspect
- review 똉재검토하다 똉검토(=examination), 복습, 논평
- observation 똉관찰(측), 준수, 감시, 사찰 똉observe
- meaning 똉의미, 뜻 똉똉mean 똉meaningful
- insight 똉통찰력, 혜안, 간파(=perspicacity, vision)
- achieve 똉완수(성취)하다(=accomplish) 똉achievement
- establish 똉확립(설정)하다(=set up) 똉establishment
- determination 똉결단력, 각오, 결심 똉determinate
- accomplish 똉성취하다(=achieve), 해내다(=make it)
- factor 똉요소(인)(=element, requisite) 똉factorize

📢 Famous quotes in English

Well done is better than well said
(말보다 실천이 낫다).

- Benjamin Franklin

10.

I am the protagonist of my life

My name is Sangmoo Jo. I am 56. I am originally from Gochang-gun, Jeonbuk province. A few of the places worth visiting in my hometown are Dolmen Remains, Gochang-eupseong Fortress, and Mt. Seonunsan Provincial Park. Now I live in Nowon-gu, Seoul city, with my wife, a son, and a daughter. My daughter is currently working as an intern for a foreign company in Denmark.

I graduated from Korea university with a degree in English education. When I was in college, I often tutored high school students to pay for my tuition and living expenses. That is why I did not have time to study English hard. But I do not regret my decision because I graduated from an excellent university on my own. I am proud to be an alumnus of Korea University. Additionally, without my parents' sacrifice and my older brother's financial support, I would not have become what I am today.

Now I am working for Korea Credit Guarantee Fund(KCGF) as a branch manager. I have been with this company for 30 years. I have performed various tasks such as corporate credit evaluation, bond collection, and business consulting. I study English whenever I have free time. On weekends, I play golf with my friends and walk around the mountain near my house.

Lastly, my life goal is gaining "Work-life Harmony" through empathetic listening. The main strategies for the goal are to be a trusted leader, make my family stable and happy, form mutually beneficial relationships, and live a wonderful life. Also, I plan to write an autobiographical essay to look back on my life and share my successes and failures with others.

I hope you have a great time. Thank you for listening to me.

Words & phrases 해설

- protagonist 몡주인공, 주역(=hero), 주창자(=champion)
- dolmen 몡고인돌, 지석묘(=ex. ~ remains, ~ 유적지)
- fortress 몡성곽(=castle), 요새(=stronghold), 진지

- provincial 형도(道)의, 주(州)의, 도립의 명province
- tutor 동가르치다(=coach) 명가정교사(=private teacher)
- tuition 명등록금, 수업(ex. ~ fee, 수업료), 교습
- regret 동후회하다 명유감, 후회 형regretful
- own 형자기 스스로, 자신의 동소유하다(=possess)
- sacrifice 명희생(물)(ex. self-~, 자기 ~) 동희생하다
- perform 동수행(공연)하다(=carry out) 명performance
- various 형다양한(=diverse, varied) 명variety
- evaluation 명평가(=appraisal, assessment) 동evaluate
- collection 명채권추심, 수집품, 패션 발표회 동collect
- convenient 형편리한(=handy), 간편한 명convenience
- walk around the mountain: 산 둘레길을 걷다
- empathetic 형공감하는(ex. ~ talk, 공감적 대화)
- strategy 명전략, 계획 형strategic 동strategize
- trust 명신뢰(탁, 임)(=confidence, credit) 동믿다
- beneficial 형유익한(=advantageous) 명동benefit
- autobiographical 형자전적인(ex. an ~ essay, ~ 수필)

📢 Famous quotes in English

You can't do much about the length of your life,
but you can do a lot about its depth and width
(인생의 길이는 바꿀 수 없지만, 그 깊이나 폭은 바꿀 수 있다).

- 작자 미상

11.
Beautiful Mt. Dobongsan

I climbed Mt. Dobongsan with my sister-in-law's husband. I saw a wonderful misty sea at the hillside of the mountain. I had never seen such a beautiful scene before, even though I had often seen fog on the ground.

I could not see the skyscrapers of Seoul due to heavy and wide fog there. The entire city looked like a white sea and scattered over it like islands were the mountains surrounding the city. As I looked down at the endless sea of fog, I forgot what to do and just stood there for a while.

I was lost in thought for a moment that I was not just an ordinary man but a hermit living in the sky. In other words, I was floating between the sea of fog and the clear winter sky. When I looked around the sea of fog, I got rid of all anxieties because my mind was newly filled with fresh feelings.

I didn't leave there until my sister-in-law's husband told me to go further upward. I took pictures of the beautiful scenery and tried to keep them in my mind as well.

I felt wonder, freshness, and beauty instead of conflict, anxiety, or competition on the top of Mt. Dobongsan. Eventually, I learned that the world above the sea of fog was completely different from the world below.

Words & phrases 해설

- misty 휑안개가 낀, 흐릿한(=blurred, hazy) 몡mist
- hillside 몡산 중턱, 산비탈(허리)(=mountainside)
- scatter 통흩어지게 하다(=disperse), (흩)뿌리다
- surrounding 휑인근(주위)의(ex. ~s, 환경) 통surround
- hermit 몡은둔자(=recluse) 휑hermitic 몡hermitage
- float 통떠(떠 흘러)가다(=drift) 휑afloat 휑floating
- anxiety 몡염려, 불안, 걱정 휑anxious
- upward 휑위쪽을 향한(ex. ~ and downward, ~ 아래로)
- scenery 몡경치(관), 풍경(=scene, view), 배경
- wonder 몡경이, 경탄 통…할까 궁금하다 휑wonderful
- freshness 몡상쾌(신선)함, 새로움 휑fresh
- instead 휑대신에(ex. happiness ~ of money, 돈 ~ 행복)
- conflict 몡갈등, 충돌 통상충하다(=clash)
- competition 몡경쟁, 시합, 대회 통compete

📣 Famous quotes in English

A wise man makes more opportunities than he finds(현명한 사람은 자기가 발견한 기회보다 더 많은 기회를 만든다).   - Francis Bacon

12.

The question we ask now determines how we feel today

It is said that question and answer(Q&A) determines today's mood. Negative Q&A leaves a hard and painful image in your mind, which increases the likelihood of negative behavior. On the other hand, positive Q&A leaves a pleasant and happy image. I agree that the way you ask and answer questions affects your behavior unconsciously. So, you need to intentionally ask yourself positive questions in order to make your day pleasant and happy. Since the protagonist of your life is yourself, you had better focus on enriching your life by using positive Q&A.

Here are some examples of positive questions you can ask yourself in the morning. Which things in my life make me happy? What is the most important thing in my life now? What am I grateful for now?

Additionally, here are some examples of positive questions

you can ask yourself in the evening. Whom did I help today? What was the most beneficial experience for me today? How did I use today as an investment for the future?

In conclusion, asking positive questions invigorates your daily life. Positive questions help you grow, cope with stress, and relax your mind and body. I hope that you become a happier person by asking yourself positive questions whenever you are struggling with difficulties in life.

해설

Words & phrases

- determine [동]결정(확정)하다(=decide) [명]determination
- painful [형]고통스러운, 아픈, 성가신(=agonizing) [명]pain
- increase the likelihood of negative behavior: 부정적 행동의 가능성을 증가시키다
- leave a pleasant and happy image: 즐겁고 행복한 이미지를 남기다
- affect your behavior unconciously: 무의식적으로 행동에 영향을 미치다
- intentionally [부]의도적으로 [동]intend [명]intention
- protagonist [명]주인공, 주역, 주창자(=hero, champion)
- enrich [동]풍요롭게(강화) 하다 [형]rich
- important [형]중요한, 영향력이 큰 [동]importance
- grateful [형]고마워(감사)하는(=thankful) [명]gratitude

- beneficial 형유익한(=favorable, ↔harmful) 명동benefit
- investment 명투자(ex. a risky ~, 위험한 ~) 동invest
- invigorate 동기운나게 하다, 활기를 북돋우다(=vitalize)
- cope 동대처(대응, 극복)하다(=manage)
- struggle 동몸부림치다, 고투하다, 버둥거리다 명분투

📢 Famous quotes in English

What we dwell on is who we become
(우리가 무슨 생각을 하느냐가 우리가 어떤 사람이 되는가를 결정한다).

- Oprah Winfrey

The haven of my life

Home

1.

Three perspectives of home education

It is said that education gives us the ability to differentiate between what is right and wrong, what is moral and immoral, and what is just and unjust. In other words, education gives answers to the problems we face in the rapidly changing times. Therefore, we need to recognize the importance of education in living our lives meaningfully. Specifically, I have maintained three perspectives on the education of my son and daughter.

First, be patient. Patience means the ability to stay calm and not get upset, especially when something takes a long time. Even when my children did something wrong, I tried to listen to their side of the story. I did not scold them even when they ran around the living room. Instead, I held their hands, went out and walked with them.

Second, be interested in your children. Interest is the feeling of wanting to know more about something. Interest is similar to love in this context. I was always interested in what our children were thinking about, what they wanted, and what they were doing. I bought them books they wanted to read, until they graduated from middle school. I also provided them with necessary information about college admission.

Lastly, respect your children. I try to accept my children's opinions although their ideas and personalities are different from mine. Constant respect made them positive and confident. I have respected my children's decisions to raise their autonomy and develop healthy self-esteem. For instance, my son wanted to go to law school to be a lawyer. While preparing for law school, however, he recognized his weaknesses and eventually gave up being a lawyer. I respected his decision and encouraged him to think about other goals that suited him better.

In conclusion, education makes children recognize their strengths and weaknesses. It helps them find their true talents and encourages them to discover other potentials whenever they fail. This is why education is vital for children's growth. I always hope that my children's hearts are clean, their goals are high, and their behaviors are humble. Also, I promise to help children stand still even in the storm.

해설

Words & phrases

- perspective [명]관점, 시각(=viewpoint, standpoint)
- differentiate [동]구별(차별)하다 [명]differentiation
- immoral [형]부도덕한(↔moral) [명]immorality [동]immoralize
- unjust [형]부당한, 불공평한(=unfair) [명]injustice
- rapidly [부]급속히, 빨리 [형]rapid [명]rapidity
- recognize [동]인정(인식)하다 [명]recognition(=perception)
- meaningfully [부]의미 있게 [형]meaningful [명]meaning
- patient [형]인내하는, 참을성 있는 [명]환자 [명]patience
- specifically [부]명확하게, 특별히 [형]specific
- maintain [동]주장(유지)하다(=insist) [명]maintenance
- upset [형]마음이 상한, 분한(=angry) [동]속상하게 하다
- scold [동]꾸짖다, 야단치다(=rebuke, tell off)
- instead [부]대신에(ex. happiness ~ of money, 돈 ~ 행복)
- interest [명]관심(=pastime), 이자(ex. ~ rate, ~율)
- context [명]맥락, 문맥 [형]contextual [동]contextualize
- admission [명]입학, 입장, 입구(=entrance)
- accept [동]인정(수락)하다 [명]acceptance [형]acceptable
- personality [명]성격(=character), 인격, 개성 [형]personal
- confident [형]자신감 있는 [명]confidence [동]confide
- decision [명]결정, 판단 [동]decide [형]decisive
- autonomy [명]자율(자주)성, 자치권 [형]autonomous
- esteem [명]존경(ex. self-esteem, 자존감) [동]존경하다
- prepare [동]준비(대비, 마련)하다 [명]preparation
- eventually [부]결국, 마침내(=ultimately) [형]eventual

- encourage [동]격려(고무, 장려)하다(=recommend)
- potential [명]가능성(=~ity) [형]잠재적인(=possible)
- vital [형]필수적인, 활력이 넘치는(=dynamic) [명]vitality
- growth [명]성장, 증가(=increase) [동]grow
- behavior [명]행동(=conduct) [형]behavioral
- humble [형]겸손한(=modest), 초라한 [명]humility
- help children stand still even in the storm: 아이들이 폭풍 속에서도 버티도록 돕다

📢 Famous quotes in English

All work and no play makes Jack a dull boy

(공부만 하고 놀지 않으면 아이는 바보가 된다).

- 작자 미상

2.
The more you study,
the better your skills will be

A Study plan is the first step to academic excellence. When creating a study plan, a student should consider efficiency. Here are three kinds of ideas to draft a good study plan.

First, create a short-term study plan rather than a long-term one. It is because a short-term plan helps a student strengthen concentration and maximize learning effect. Even if he fails to achieve his short-term study plan, he can include in the next short-term plan the work he has not finished and make sure that the next plan is more feasible than the last one.

Second, create a task-based study plan rather than a time-based one. It is because a student's learning efficiency increases if he studies as much as possible during the given period. When a student finishes the planned work in time, he needs to give himself rewards such as rest, time for hobby and exercise, etc. As for my daughter, she used to have much fun with her friends after she completed planned tasks in time.

Lastly, create a study plan at least one month before the exam day. Early planning enables a student to get great scores through repetitive review of his material. For example, my daughter wrote a study plan one month before every midterm and final exam. She frequently got perfect scores through seven or more repetitive reviews of each subject.

In conclusion, creating a study plan is an important step to get good scores on an exam. Thus, a student should create an efficient study plan. I hope that students get satisfactory grades by using the above three ways to write a good study plan.

Words & phrases 해설

- consider [동]고려(사려)하다 [명]consideration [형]considerate
- efficiency [명]효율(성), 능률 [형]efficient(↔in~)
- term [명]기간(ex. a short ~ plan, 단기 계획), 학기
- concentration [명]집중(력) [동]concentrate(=focus on)
- effect[명]효과(=efficacy, validity), 영향 [형]effective
- include [동]포함(포용)하다 [형]inclusive [명]inclusion

- feasible 형실현 가능한(=practicable, possible)

- task 명과제(업), 일, 업무(=project, assignment)

- increase 동증가하다, 늘다(↔decrease) 명증가, 인상

- reward 명보상, 보답 동보답(보상)하다 형rewarding

- complete 동완료하다 형완벽한 명completion

- material 명자(재)료, 직물 형물질적인(↔spiritual)

- frequently 부자주, 흔히 형frequent 명frequency

- satisfactory 형만족스러운 명satisfaction 동satisfy

- repetitive 형반복적인 명repetition 동repeat

- examination 명시험, 검사(=inspection) 동examine

- execute 동실행(수행)하다 명execution 명executive

- consistently 부지속적으로 형consistent 명consistency

📢 Famous quotes in English

The more we study, the more we discover our ignorance
(우리는 배우면 배울수록, 우리의 무지를 더욱더 발견한다).

- Percy B. Shelly

3.
Three wisdoms for a nice life at old age

According to Wikipedia, old age refers to ages nearing or surpassing the life expectancy of human beings. In Korea, old age is generally defined as 65 years of age or older. You may hope to be happy and healthy even after you become old. Therefore, you need to start preparing for your life at old age as soon as possible.

First, maintain a healthy body and mind. Health is the most basic element of happiness. Exercising enables you to have a lively day and makes you feel better. This is because your body releases "feel-good" hormones such as endorphin. Additionally, exercise prevents you from developing diseases such as obesity, relieves chronic pain from condition like arthritis, and lowers blood pressure. In my case, I walk for over 50 minutes three times a week for my health. I also get sufficient sleep to have a lively day.

Second, manage your time wisely. Time management is the

process of planning and executing conscious control of time spent on specific activities, especially to increase effectiveness, efficiency, and productivity. Good time management can help you have a fulfilling and meaningful day. If you create a small plan and follow it, you can feel "small but sure happiness".

Lastly, share your things with others. When you provide the poor with mental and material help, you can feel the value of your life. Therefore, sharing lets you get fulfillment and happiness. In my case, I plan to publish an autobiographical essay and share my wisdoms of life with other office workers.

In conclusion, you should think of old age as the golden age of your life and prepare for a wonderful old age life with specific plans. There are three ideas for a desirable life at old age: maintain a healthy body and mind, manage your time wisely, and share your things with others.

Words & phrases (해설)

- refer [동]언급(참고, 지시)하다 [명]reference(=mention)
- surpass [동]능가하다, 뛰어넘다(=outdo) [형]surpassing

- expectancy 몡기대 옝expectant 동expect
- prepare 동준비(대비, 마련)하다 몡preparation
- maintain 동주장(유지)하다(=insist) 몡maintenance
- feel-good hormones such as endorphin: 엔도르핀과 같은 좋은 호르몬
- prevent 동막다, 예방하다 몡prevention
- obesity 몡비만(ex. prevent ~, ~을 예방하다) 옝obese
- relieve chronic pain: 만성 통증을 덜어 주다
- arthritis 옝관절염(=joint inflammation)
- execute 동실행(수행)하다 몡execution 몡executive
- conscious 옝의식하는(↔unconscious) 몡consciousness
- specific 옝구체적인(=concrete), 명확한, 독특한
- effectiveness, efficiency, and productivity: 효과성, 효율성, 생산성
- a fulfilling and meaningful day: 성취감을 느끼고 의미가 있는 하루
- share 동나누다(=job ~ing, 일자리 ~), 공유하다 몡몫
- fulfillment 옝성취, 수행(=performance) 동fulfill
- publish 동출판(발행)하다(=release) 몡publication
- autobiographical 옝자전적인(ex. an ~ essay, ~ 수필)
- conclusion 결론(말) 동conclude 옝conclusive
- prepare 동준비(대비, 마련)하다 몡preparation
- desirable 옝바람직한, 가치 있는(=advisable)

📢 Famous quotes in English

You can't help getting older, but you don't have to get old
(나이 먹는 것은 어쩔 수 없다. 하지만 늙은이가 될 필요는 없다).

- George Burns

4.
Let's walk and walk

Many people try to find ways to improve their health. Among them, walking is known as the most ordinary and affordable exercise. Walking also is the safest and most effective exercise for health. Walking for 30 minutes on a regular basis brings about a great change to our body and mind. According to medical experts, there are six health effects that we can get from walking.

First, walking brings about a virtuous cycle of weight control. For example, when a person weighing 60kg walks 3.6km, he normally consumes about 150 calories. Eventually, walking starts a virtuous cycle of weight control by increasing muscle mass and thereby increasing basal metabolism rate.

Second, walking can reduce the risk of heart disease and stroke by about 30%. Walking for 30 minutes on a regular basis increases HDL and on the other hand, reduces LDL in our body. Additionally, it lowers blood pressure.

Third, walking prevents osteoporosis. Walking outdoors during the day not only increases the production of vitamin D, which is essential for bone health, but also increases bone density, effectively preventing osteoporosis.

Fourth, walking rebuilds muscle strength. Especially, walking can strengthen various muscles in the lower body. Walking on the hill enables us to strengthen hip muscles and make our hips look like apples. It also strengthens our belly muscles.

Fifth, walking increases our vitality and happiness. Walking improves blood circulation and increases intracellular oxygen supply. It also relieves the tension in muscles and joints. Additionally, walking is very effective in reducing stress and unrest by promoting endorphin production.

Lastly, walking alleviates the symptoms of dementia. If we walk 10km a week, we can prevent brain volume atrophy and memory loss.

In conclusion, people who are concerned about their health work out to keep themselves in good health. I usually walk more than 6,000 steps a day. As a result, my back pain decreased and knee inflammation disappeared. Psychologically, it keeps me in a lively state. I also keep in mind that walking is the first principle of improving my health. Therefore, I hope that we can stay healthy for a long time by continuing to walk on a regular basis.

해설

Words & phrases

- improve [동]개선하다 [명]improvement(home ~, 주택 ~)
- ordinary [형]평범한, 보통의, 일상적인(=common)
- affordable [형]알맞은, 줄 수 있는, 적당한 [동]afford
- virtuous [형]선량(고결)한, 도덕적인 [명]virtuousness
- consume [동]소비하다(=spend), [명]consumption
- basal [형]기초(기저)가 되는 [명]base
- reduce [동]줄이다, 낮추다(=lessen, lower) [명]reduction
- stroke [명]뇌졸중, 중풍, 치기, 때리기 [동]쓰다듬다(=pet)
- lower [동]낮추(내리)다, 떨어뜨리다(=degrade) [형]아래쪽의
- prevent [동]막다, 예방하다 [명]prevention
- osteoporosis [명]골다공증(ex. risk of ~, ~ 위험)
- density [명]밀도, 농도 [형]dense(=thick)
- strengthen [동]강화하다(되다)(↔weaken) [명]strength
- various [형]다양한(=diverse) [명]variety(=diversity)
- belly [명]배, 둥그런 부분(ex. ~ muscles, ~ 근육)
- vitality [명]활력 [형]vital [동]vitalize(=invigorate)

- circulation 몡순환(ex. blood ~, 혈액 ~) 동circulate
- increase intracellular oxygen supply: 세포 내의 산소 공급을 증가시키다
- relieve 동완화하다(=alleviate, lessen) 몡relief
- effective 형효과적인 몡effect(=validity) 동effect
- unrest 몡불안, 동요(=disturbance, agitation)
- production 몡생산(량)(=manufacture), 생성 동produce
- alleviate 동완화하다(=ease, relieve) 몡alleviation
- dementia 몡치매(=athymia, ex. ~ symptoms, ~ 증상)
- atrophy 몡위축 동퇴화하다(=degenerate, wither)
- concern 몡우려, 걱정(=worry, fear) 동관련되다
- inflammation 몡(신체 부위의) 염증 동inflame
- principle 몡원칙(=ex. agree in ~, ~적으로 동의하다)
- continue 동계속하다(되다) 형continuous 몡continuity

📢 Famous quotes in English

Our greatest weakness lies in giving up.
The most certain way to succeed is always
to try just one more time
(우리의 최대 약점은 포기하는 것이다.

가장 확실한 성공 방법은 항상 한 번 더 시도하는 것이다).

- Thomas A. Edison

5.
The marginal utility
of happiness does not diminish

People tend to recollect the first experience of everything more easily than later one. Everyone has a clear memory of their first experience, as its unfamiliar feeling is easily imprinted in our brain. Also, when an experience is repeated over and over, the subjective satisfaction we get from the experience decreases.

Imagine you are very hungry and there are five donuts in front of you. You may feel that the first donut you have is the most delicious food in the world. However, starting from the second one, it is hard to feel the same level of satisfaction that you felt from the first donut. The more donuts you have already had, the less satisfactory an extra donut is to you.

In economics, the law of diminishing marginal utility means that the marginal utility of goods or services declines as its available supply increases. In case of food, basic food supply means 'survival' to you. But the food you eat after you are already full is just 'surplus'. Surplus goods can be saved for later, traded with others, or just thrown away. Although the goods are not necessarily directly related to survival, the utility of the first good is usually the greatest.

The law of diminishing marginal utility holds not only for eating and drinking, but also for ownership and experience. Fortunately, the negative utility of failure, frustration, sadness, and pain diminishes as well as the positive utility of eating, drinking, owning, and experiencing things.

Everyone seeks happiness. I am sure that the marginal utility of happiness does not diminish when you try to live every day as if it was the first day of life. The economics of happiness supports this simple truth.

········· **W**ords & phrases 해설 ·········

- recollect 동기억(생각)해 내다 명recollection(=memory)
- unfamiliar 형익숙지 않은(=strange, ↔familiar)
- imprint 동각인시키다, 인쇄하다(=engrave) 명자국
- repeat 동반복하다 명재방송 명repetition

- subjective 휑주관적인, 주격의(↔objective)

- imagine 됭상상하다 몡imagination 휑imaginative

- delicious 휑맛있는, 구수한(=tasty, savory, dainty)

- diminish 됭감소하다, 약화시키다(=decrease, belittle)

- utility 몡효용(=usefulness), 유용성 휑다용도의

- decline 됭줄어들다, 감소하다(=deteriorate) 몡축(감)소

- available 휑이용할 수 있는(=valid, effective) 됭avail

- survival 몡생존, 유물(=relic) 됭survive(=outlive)

- relate 됭관련시키다(=connect) 몡relation 휑related

- ownership 몡소유(권)(=possession) 됭own 몡owner

- fortunately 윁운 좋게도(=luckily) 휑fortunate

- failure 몡실패(↔success), 실패자 됭fail(↔pass)

- frustration 몡좌절감, 불만 됭frustrate

- sadness 몡슬픔, 슬픈 일(=sorrow, grief) 휑sad

- seek 됭추구하다, 찾다(=pursue, ex. ~ fortune, 부를 ~)

- economics 몡경제학 휑economical(=frugal) 몡economy

📢 Famous quotes in English

Today is the first day of the rest of your life
(오늘은 당신에게 남은 인생의 첫날이다).

- 작자 미상

6.
Maternal love, the unmeasurable love

I call my mother every other day. She often asks me if I came back from work safely, if I had a decent meal, and if my family is doing well. When she says "I feel sick, I miss you", my heart aches. She still treats me like a young child. When I meet her at our country house in Gochang-gun, Junbuk province, she always advises me to be careful with cars. Even though my mother did not go to school, she tries to guide me in the right direction for my success.

When I dropped out of the Naval Academy and was preparing for college admission in my country house, she served me three meals a day with sincere heart although she was busy with farming. Looking back on the past, how grateful and sorry I am for her!

Although I was born in a poor family, I did not know how poor my parents were until I graduated from high school. This was because she made me focus on school work. I was lucky to be the only one among their seven children to graduate from college. If I knew that my parents were so poor when I was in high school, I would have given up going to college.

Nowadays, my mother regularly walks along the rural town hall dragging a stroller with both hands to stay healthy. Her walking habit relieves me from the concerns about her health and reduces the burden for me to take care of her.

My mother's only hope is my success. Also, her sincere love for me is deeper and stronger than anything else in the world. Mother's love is the most valuable and long-lasting feeling on Earth. Her love is selfless. She does not demand anything in return for her love. Her love gives me hope and faith.

As soon as I wake up in the morning, the first thing I do is to express gratitude to my mother by saying words such as "Thank you" and "I love you". Staring at the bright moon tonight, my mother will be looking forward to all family members' gathering and being at peace.

Words & phrases 해설

- maternal 웹모성의, 어머니다운, 모계의 웹mother

- unmeasurable 웹헤아릴(측정할) 수 없는(↔measurable)

- ache 통아프다(=hurt), 못 견디다(=long) 웹아픔

- treat 통대우-(치료)하다 웹treatment(=cure, remedy)

- careful 웹주의 깊은(↔careless) 웹통care 위carefully

- direction 웹방향(면) 통웹direct(직접적인, ↔indirect)

- naval 웹해군의(ex. ~ academy, ~사관학교) 웹navy

- prepare 통준비(대비, 마련)하다 웹preparation

- sincere 웹진실(진정)한(=honest, faithful, ↔insincere)

- grateful 웹고마워(감사)하는(=thankful) 웹gratitude

- graduate 통졸업하다, (학사)학위를 받다 웹대학 졸업자

- focus 통집중하다(=concentrate) 웹초점, 중심

- bear 통출산하다, 견디다 웹(증권)하락세의 웹곰 웹birth

- rural 웹시골의(=country), 지방의(↔urban)

- drag 통끌(끌고 가)다(=draggle, ex. ~ on, 질질 ~)

- stroller 웹유모차(=buggy), 산책하는 사람

- burden 웹부담, 짐(ex. the ~ of care, 보살핌에 대한 ~)

- relieve 통완화하다(=alleviate, lessen) 웹relief

- concern 웹우려, 걱정(=worry, fear) 통관련되다

- valuable 웹귀중한(=precious, ↔worthless) 웹통value

- the most long-lasting feeling on earth: 세상에서 가장 오래 지속되는 감정

- selfless 웹이타적인(=altruistic), 사심 없는 웹selflessness

- demand 웹요구, 수요(=request) 통요구하다(=ask)

- return 몡보답, 반납, 돌아옴 통반납하다, 돌아오다

- faith 몡믿음, 신앙(뢰)(=trust, belief) 휑faithful

- express 통표현하다 휑급행의 몡expression 휑expressive

- gratitude 몡고마움, 사의, 감사(=appreciation)

- stare 통응시하다, 쳐다보다(ex. ~ at moon, 달을 ~)

- forward 훰앞으로(ex. look ~ to, …을 고대하다)

- family members' gathering and being at peace: 가족들이 함께 모여 화목함

📢 Famous quotes in English

If you would be loved, love and be lovable
(사랑받고 싶다면 사랑하라! 그리고 사랑스럽게 행동하라).

- Benjamin Franklin

7.
Let's expand Human Intelligence

Human intelligence is defined as the level of thinking that consists of the capability to learn from experience, the adaptation to new situations, and the ability to change environment by using obtained knowledge. On the other hand, AI(artificial intelligence) refers to the ability to put fixed answers out quickly and accurately. In other words, a human can gain accumulated insights and wisdom that an AI can't copy, by seeing and experiencing numerous phenomena.

An AI cannot form substances like endorphin, serotonin, and dopamine. On the other hand, a human produces endorphin when he laughs, serotonin when he is comfortable, and dopamine when he loves. Accordingly, I want to suggest briefly some ideas to expand human intelligence.

First, let's laugh and enjoy. Second, let's be a positive person. Lastly, let's love from a sincere heart.

The ideas mentioned above can stimulate your curiosity and imagination. Original curiosity and imagination can change the world. You can't change your thoughts without changing your life. This is because your thoughts are the results of your life. If you continue to do the aforementioned activities, I am sure that you can be an irreplaceable human being in the age of AI.

Words & phrases 해설

- define 동정의(규정)하다 형definite 명definition
- capability 명능력, 역량(=ability) 형capable
- adaptation 명적응, 각색 동adapt(=modify, adjust)
- environment 명환경(ex. a congenial ~, 마음에 드는 ~)
- phenomena 명현상(ex. numerous ~, 수많은 ~)
- substance 명물(본)질, 실체(=material) 형substantial
- like endorphin, serotonin, and dopamine: 엔도르핀, 세로토닌, 도파민과 같은
- comfortable 형편(쾌적, 안락)한(=cozy) 명comfort
- briefly 부잠시, 간단히(=in short, concisely) 형brief
- expand 동확대하다(=enlarge) 형expansive 명expansion
- stimulate 동자극하다 명stimulus, stimulation
- sincere 형진실(진정)한(=honest, faithful, ↔insincere)
- mention 동언급(말)하다(=raise) 명언급(=reference)

226 삶도 일도
행복한 직장인입니다

- original [형]독창적인, 원래(본래)의 [명]원본 [명]originality
- aforementioned [형]앞서 언급한, 전술한(=aforesaid)
- irreplaceable [형]대체(대신)할 수 없는(↔replaceable)

📢 Famous quotes in English

Laughter is the shortest distance between two people

(웃음은 두 사람을 가장 가깝게 만든다).

- Victor Borge

8.
Let's make a harmonious family

Harmony literally means a situation in which people peacefully agree with each other. For the past several millennia, people have pursued harmony for their own happiness. Here are three ideas to achieve family harmony.

First, trust each other. Trust means a state where there is no distrust between any two people. Trust itself is the most important principle in family life. We had better respect the way our family members are and trust them. We need open-minded and steady communication to trust them sincerely. We do not need to know everything about them because each person needs some room for privacy. For example, I don't move children's stuff around without their consent even when I feel the need to organize them.

Second, respect each other. Respect is polite behavior as a result of thinking that the other person is more important than you. We had better accept other people's opinions although their ideas and personalities are different from ours. When we try to respect their decisions, they can develop their autonomy and self-esteem. In my case, I let my family members decide for themselves on important issues such as university admission, career choice, and purchasing things they want.

Lastly, actively support your family members. They have good goals in their lives and ideas to achieve them. They need economical and spiritual assistance to achieve their goals. Let's give them the resources they need right now. Additionally, we had better continue to encourage them to achieve their goals. For example, I provided my daughter with necessary financial information before she went to college. Also, I supported her tuition and living expenses when she went to Denmark to study as an exchange student.

It is said that humans feed off trust, love, and respect. Harmony is a very important factor to maintain a happy family. We need to put incessant efforts to make our families harmonious. Trust! Respect! Assist!

- harmony 명화목(음), 조화 형harmonious 동harmonize
- situation 명상황(ex. a critical ~, 위중한 ~), 처지
- pursue 동추구(추적)하다(=seek, follow) 명pursuit
- trust 명신뢰, 신탁(임)(=faith, credit) 동믿다
- principle 명원칙(리)(=rule), 신조(=belief, creed)
- open-minded and steady communication: 마음을 여는 꾸준한 소통
- sincerely 부진심으로 형sincere(=genuine) 명sincerity
- consent 명동의, 허락(=permission) 동동의(허락)하다
- organize 동구조화하다 형organizational 명organization
- respect 동존중(경)하다(=revere, look up to) 명존중
- polite 형정중(공손)한(=courteous) 명politeness
- autonomy 명자율성 형autonomous 부autonomously
- self-esteem 명자존감(ex. healthy ~, 건강한 ~)
- admission 명입학(장), 가입(=entrance) 동admit
- purchase 동매입하다 명구매(ex. ~ of goods, 상품 ~)
- assistance 명지원, 원조(=support) 동assist
- achieve 동완수(성취)하다(=accomplish) 명achievement
- resource 명재원(료), 자원(ex. human ~s, 인적 ~)
- encourage 동격려(고무, 장려)하다(=recommend)
- support tuition and living expenses: 등록금과 생활비를 지원하다
- exchange 명교환(ex. foreign ~, 외국환) 동교환하다
- feed off trust, love, and respect: 신뢰, 사랑, 존중을 먹고 살다
- maintain 동유지하다, 지키다(=preserve) 명maintenance

- incessant 형끊임없는, 쉴 새 없는(=constant, endless)
- effort 명노력, 수고(=exertion, endeavor)

📢 Famous quotes in English

There is no place like home
(내 집만 한 곳은 어디에도 없다).

-작자 미상

9.
Let's be involved in raising children

We live in an age of nuclear families, due to urbanization and industrialization. As the number of double-income families increases, parents spend less time with their children. Consequently, children spend more time participating in extracurricular activities or playing with smartphones instead of bonding with their busy parents. Nowadays, the relationship between parents and their children seems to be less close compared to the past. So, I agree that parents should pay more attention to their children's upbringing although they are very busy. I would like to suggest three ways of properly educating your children here because parental education is a very important factor in children's growth.

First, acknowledge that children are always right. If parents constantly put themselves in their children's shoes, parents can understand children's behavior and attitude. Hence, even if they do something wrong, parents should not immediately scold them. The more parents try to understand their children, the more children try to follow their parents' advice and stop their wrongful behavior in the near future. I think there must be a good reason when our children do something wrong. Therefore, parents can get along well with children by accepting their ways of thinking.

Second, accept that children are independent beings. Although children are born from their parents, they are not the property of their parents. Accordingly, parents should not force children to do something because children are autonomous human beings. As for me, I don't force my children to visit their grandmother's country house if they don't want to. This is because I respect their own plans and moods.

Lastly, be patient with children. Sometimes parents face situations in which children's behavior is not understandable and out of control. In those cases, parents are encouraged to ask children about why they behaved in the way they did. This question enables parents to deeply think about children's behavior and to be more patient. As for me, when children do something wrong, I ask them why they have done such a thing and let them explain their own behavior to me.

In conclusion, to raise children properly, parents should pay much attention to the above three ways even if they are very busy with their work. Think that children are always right. Acknowledge that children are independent beings. And let children know that parents are patient. Parents' sincere interest for their children is a great way to raise them as excellent human beings. I hope that children can accomplish what they want to do in the future with the help of parents' constant interest and love.

············· **W**ords & phrases 해설 ·············

- nuclear 혱원자력의, (원자)핵의(ex. ~ family, 핵가족)
- urbanization 몡도시화 동urbanize 혱urban
- industrialization 몡산업화, 공업화 동industrialize
- as A + 동사: A가 ~함에 따라(ex. As the number of employees increases, 직원의 수가 늘어 감에 따라)
- double-income family: 맞벌이 가정(=family where both parents work)
- spend 동(돈, 시간을) 쓰다(=consume, use)
- extracurricular 혱과외의(ex. ~ activity, ~ 활동)
- compare 동비교(필적)하다 몡comparison
- attention 몡관심, 주의 동attend(=pay attention to)
- upbringing 몡양(훈)육(=bringing up, rearing, raising)
- factor 몡요소(인), 인자(=element, requisite)

- growth 똉성장(ex. economic ~, 경제~), 증가 똏grow
- acknowledge 똏인정하다(=admit, allow, ↔deny)
- behavior 똉행동(=conduct) 똎behavioral
- attitude 똉태도(ex. an irresponsible ~, 무책임한 ~)
- scold 야단치다, 꾸짖다(=rebuke, reprimand, tell off)
- the more 주어+동사 ~, the more 주어+동사: ~하면 할수록, 더욱 ~하다
- wrongful 똎부당한(=unfair, unjust), 불법의
- accept 똏인정(수락)하다 똉acceptance 똎acceptable
- independent 똎독립(주체)적인, 자립한(=autonomous)
- property 똉소유물, 재(자)산, 특질(=possessions)
- as for ~: ~의 경우에는(=regarding, with regard to)
- force 똏강요하다(=impel, compel) 똉힘, 폭력
- being: 존재(ex. rational ~s, 합리적인 ~)
- patient 똎인내심 있는 똉patience(=perseverance)
- face 똏마주 대(직면)하다 똉얼굴, 면, 체면 똎facial
- out of control: 통제할 수 없는(=ungovernable)
- be encouraged to ~: ~ 하라고 장려(고무)되다
- properly 똗적절히, 제대로 똎proper 똉propriety
- acknowledge똏인정(시인)하다 똉acknowledgement
- accomplish 똏성취하다(=achieve) 똉accomplishment
- constant 똎끊임(변함없)는 똉불변성(=constancy)

📢 Famous quotes in English

Love does not consist in gazing at each other,
but in looking together in the same direction
(사랑은 서로 마주 보는 데 있지 않고, 같은 방향을 함께 바라보는 데 있다).

- Antoine de Saint-Exupery

10.
The three benefits of travel

In the era of globalization, traveling has become a favorite pastime of many people. According to the Ministry of Culture, Sports and Tourism, as of 2018, 89.2% of Koreans have travelled domestically and 22.4% have traveled overseas. People travel for various purposes such as seeing natural sights, relaxing, or visiting historical monuments. Here are three benefits of traveling.

First, traveling offers us pleasure. In fact, even preparing for a trip excites us. When we travel, we appreciate beautiful nature scenery such as mountains, lakes, and seas. And we buy locally produced products at tourist attractions. Additionally, we can have delicious foods there. Eventually, travel stimulates our senses such as sight, taste, and touch.

Second, traveling provides us with a chance for relaxation. It liberates us from the fatigue of daily life. It reduces our stress level and makes us feel relieved because our bodies and minds are relaxed. As for my daughter, she seems to be having a good time traveling from Denmark to other countries in Europe on weekends.

Lastly, traveling stimulates a spirit of challenge in us. They say that life is a process of exploration. We may have exciting and sometimes dangerous experiences during the trip such as climbing, surfing, and desert trekking. In spite of the riskiness of those activities, we must pull through because adventurous travel gives us a chance for meaningful growth.

I agree that traveling today has become an indispensable and important aspect of many people's lives. Traveling entertains our senses. It gives us some relaxation and musters up a spirit of challenge in us. I hope that we can go on as many trips as possible when we have time for them.

Words & phrases 해설

- era 몡시대(=times, age), (ex. in global ~, 국제화 ~에)
- pastime 몡취미(=hobby), (ex. a favorite ~, 좋아하는 ~)
- domestically 튄국내에서(↔overseas) 혱domestic
- relaxing, or visiting historical monuments: 휴양 또는 역사 기념물 방문

- various 형다양한(=ex. ~ purpose, ~ 목적) 명variety

- benefit 동유익하다 형beneficial(=favorable, ↔harmful)

- offer 동제공(제안)하다(=provide, furnish) 명제공(의)

- pleasure 명기쁨, 즐거움(=joy) 형pleasant 동please

- prepare 동준비하다(= ~ for) 명preparation

- appreciate 동감상하다 명appreciation 형appreciative

- stimulate 동자극하다 명stimulus, stimulation

- liberate 동자유롭게 해주다 형liberal 명liberation

- fatigue 명피로(=tiredness, exhaustion) 동fatigate

- relaxation 명휴식(=rest, break) 형relaxed 동relax

- reduce 동줄이다, 축소하다(=lessen, lower) 명reduction

- relieve 동완화하다(=alleviate, lessen) 명relief

- exploration 명탐험(사, 구), 답사 동explore

- pull through 동(힘든 일을) 해내다, (병 뒤에) 회복하다

- adventurous 형모험적인 명adventure 동명venture

- dangerous 형위험한(=risky, perilous) 명danger

- desert 명사막(ex. ~ trekking, ~ 트레킹)

- indispensable 형필수적인(=essential), 없어서는 안 될

- entertain 동즐겁게 해 주다(=please) 명entertainment

- muster 발휘하다(ex. ~ up courage, 용기를 ~) 명소집

- challenge 명도전(=attempt) 형challenging

📢 Famous quotes in English

Travel brings power and love back into our life
(여행은 우리의 인생에 힘과 사랑을 가져다준다).

Chapter 4

Living together

Society

1.

Young people need the ladder of hope

According to Jim Rogers, a global investor, there is no future in a society in which young people seek stability rather than challenge. In Korea, many young people are studying for civil service entrance exams for a stable life. Additionally, they tend to give up important aspects of life such as relationship, marriage, and pregnancy for the sake of education and employment. I would like to suggest three ideas to give hope to young people, who have been constantly discouraged by persistent social inequality.

First, educational institutions should aim for fair education. Fair education is the key for high social mobility. In Korean society, parents' wealth and education levels significantly affect their children's education, employment, and social status. Young people should be granted fair opportunities to education in order for the role of education to be restored. Educational institutions should take extra care of admissions cheating schemes, which hurt young people's innocent souls. The ladder of education also should be restored through the normalization of public education, provision of various career training, and reduction of discrimination in academic opportunities.

Second, build an environment where the challenge is appreciated. In countries where young people still have a spirit of challenge, the success of a business depends more on the entrepreneur's ability than their capital or connections. Korea needs to make a society where people can succeed in business by means of integrity and technology alone as well. For example, we should improve the start-up ecosystem with failure tolerance, second chances, and win-win growth between large and small businesses. It is of the utmost importance to create an environment where a failure despite hard work can be recovered without despair.

Lastly, a company should give young people fair job opportunities. Now in Korea, many companies are applying the blind hiring system to ensure fair recruitment. Blind hiring system requires recruiters to only take into account the skills of candidates and exclude factors that may induce prejudice, such as places of birth, educational background, and physical condition. In March 2019, The National Assembly passed the "Blind Hiring Act".

In conclusion, today many young people in Korea are clinging to civil service entrance exams for stability. According to the Statistics Bureau of Korea, the youth unemployment rate reached 7.3% at the end of December 2019. Therefore, we should try to restore the ladders of hope so that young people can live desirable lives. It is because young people give up important parts of life such as dating, marriage, and childbirth unless they maintain hope even under frustration. I hope that young people in Korea can surely fulfill their dreams through the ladders of hope.

Words & phrases (해설)

- accord 동일치(부여)하다(=conform) 명accordance
- stability 명안정(성) 형stable(=steady, balanced)
- tend 동 ~하는 경향이 있다 명tendency(=trend)
- pregnancy 명임신 형pregnant 동be pregnant
- employment 명고용, 취업(↔unemployment)
- discourage 동좌절시키다, 의욕을 꺾다(↔encourage)
- persistent 형끈질긴, 집요한(=unrelenting) 동persist

- inequality 몧불평등(균등)(↔equality)
- institution 몧기관(=organization), 단체, 협회, 제도
- affect 통영향을 미치다(=influence, move) 몧affection
- restore 통복원(복구)하다 몧restoration 혱restorative
- admissions cheating schemes: 입학 시험 부정 행위
- innocent 혱결백한, 무고한(↔guilty) 몧innocence
- through the normalization of public education: 공교육 정상화를 통해
- discrimination 몧차별(이), 안목 통discriminate
- challenge 몧도전, 시험대 통도전하다(=attempt)
- appreciate 통인정하다 몧appreciation 혱appreciative
- entreprenuer 기업가(ex. ~'s ability, ~ 능력)
- by means of integrity and technology alone: 성실과 기술만으로
- win-win growth between large and small businesses: 대·소기업 상생 성장
- utmost 혱최고의(ex. of the ~ importance, 극히 중요한)
- despair 몧절망 통체념하다 혱desperate 몧desperation
- apply 통적용(지원)하다 몧application 몧applicant
- recruitment 몧채용(=adoption) 통recruit(=hire)
- induce 통유도(설득, 초래, 유발)하다 몧induction
- prejudice 몧편견(=bias, ex. ~ factors, ~ 요소들)
- cling 통매달리다(ex. ~ to exams, 시험에 ~)
- frustration 몧좌절 통frustrate(=thwart)
- fulfill 통이루다, 이행(수행)하다 몧fulfillment

📢 Famous quotes in English

Hope is necessary in every condition
(희망은 어떤 상황에서도 필요하다).

- Samuel Johnson

2.
Let's lead a social group efficiently

People spend a lot of time in social groups after work. In social science, a social group can be defined as an organization composed of two or more people who interact with one another, share similar characteristics, and collectively have a sense of unity. I agree that a leader of a social group should help members have meaningful and desirable lives through group activity. Here are three ideas to lead a social group effectively.

First, be serviceable. A leader should get the members to have a meaningful time until the program ends. Hence, a leader should always care about the things that his members want. If a leader listens carefully to the members' words, he can more easily solve their problems and thus get more support from them.

Second, clearly suggest the organization's annual schedule to your members. When a leader creates a yearly schedule of events, he had better listen to the members' opinions as much as possible. It enables members to participate voluntarily in their group. In my case, I try to finalize specific yearly plans with my members through mutual consultation in mid-January each year. A leader can simply write an annual event schedule on a diagram and include the meaning and purpose of each event.

Lastly, prepare thoroughly for an event. Thorough preparation is very helpful for a leader to finish the event without any difficulties. They say that a leader can't be over prepared for a group event. And upon completion of an event, a leader should show members the result of the event in time by using a diagram.

In conclusion, group activity is a very essential factor in modern society because it gives members satisfaction and meaning in life. I am sure that a leader can get interest and love from members if he tries to follow the aforementioned three ways consistently: being serviceable, suggesting an annual schedule, and thoroughly preparing for each event.

- interact 통상호 작용(소통)하다 명막간 명interaction
- characteristic 명특징(질) 형특유의 명character
- collectively 부집합적으로 형collective 통collect
- unity 명통합(일)(=solidarity), 단합 통unite
- meaningful 형의미 있는 명meaning 통형mean
- desirable 형바람직한(↔undesirable), 가치 있는
- serviceable 형쓸 만한, 튼튼한, 편리한, 실용적인
- carefully 부주의하여 형careful(↔careless) 명통care
- solve 통해결(타결)하다, 풀다 명solution(=answer)
- suggest 통제안하다 명suggestion(=offer, proposal)
- organization 명조직, 단체, 기구, 기관 통organize
- participate 통참여(가)하다 명participation
- finalize 통완결하다, 마무리짓다(=decide) 형final
- consultation 명협의, 상담, 자문, 진찰 통consult
- prepare 통준비(대비, 마련)하다 명preparation
- thoroughly 부대단(완전, 철저)히(=completely)
- completion 명완료(성) 통형complete(=total)
- result 명결과(실) 통(~의 결과를) 초래하다
- diagram 명도표(해, 식)(=graph, chart) 통diagramatize
- essential 형필수(본질)적인(=indispensable) 명essence
- aforementioned 형앞서 언급한, 전술한(=aforesaid)
- consistently 부지속적으로 형consistent 명consistency

📢 Famous quotes in English

They are rich who have true friends
(진정한 친구가 있는 사람이야말로 부자다.)

- Thomas Fuller

3.
Let's create a mature society

Koreans now live in very complex and diverse society because of economic globalization, increased cultural openness, and political democratization. Also, there are many conflicts in Korean society owing to the complicated social structure. Confrontation and conflict between classes, generations, and ideologies are aggravating the situation. In order to resolve these conflicts, we must mediate various opinions among stakeholders and come up with optimal alternatives. And we must obey the law to stabilize society. In that sense, I want to emphasize three kinds of ideas for Korea to become a mature society.

First, opportunities should be equal to everyone. In short, equality of opportunity means that everyone gets a chance to do something. It is the idea that people ought to be able to compete on equal terms, namely on a level playing field. Everyone deserves to have equal opportunity when entering school, getting a job, and being judged by the law. For example, our company always hires new employees through job announcement. In addition, our company implements a cross-departmental circulation system so that employees can experience various tasks.

Second, processes must be fair. Everyone should comply with the principle of procedural fairness when studying, working, and playing sport. In many democratic countries, everyone over 20 years old is eligible to run for public office. In case of Korea, all adults over 25 years old can run for public office if they have been elected by lawful and transparent procedures. For example, our company has implemented innovative and sustainable system through the abolition of unreasonable procedures.

Lastly, results should be righteous. It means that the results of acts such as exam scores, business performance, and win-losses in sports must be righteous. Koreans should not achieve their goals by corrupt behavior such as cheating on exams, fouling in sport or being negligent at work. Eventually, Koreans will get righteous results only when they do something by means of law, principle, and common sense.

In conclusion, Koreans must observe the law to make a stable and reasonable society where healthy conflicts persist. At President Moon Jae-in's inauguration at National Assembly on May 10, 2017, he stated that "Everyone will have equal opportunity, the process will be fair and the result will be righteous." I hope that Koreans can improve their society by keeping in mind the aforementioned three requirements of a mature society.

Words & phrases 해설

- complex 형복잡한(=complicated), 명복합건물, 열등감
- globalization 명세계(국제, 지구)화 형global
- democratization 명민주화 형democratic 동democratize
- conflict 명갈등, 충돌 동상충하다(=clash)
- confrontation 명대결(치, 립) 동confront(=face up to)
- aggravate 동악화시키다(=worsen) 명aggravation
- mediate 동중재(조정)하다(=negotiate) 명mediation
- come up with optimal alternatives: 최적의 안을 내놓다
- emphasize 동강조하다(=stress) 명emphasis
- mature 형성숙한, 분별 있는(↔immature) 명maturity
- opportunity 명기회, 때(=chance, time)
- equality 명평(균)등(↔inequality) 형equal

- compete on equal terms, namely on a level playing field: 평등한 조건, 즉 평평한 운동장에서 경쟁하다
- deserve 동…을 받을 만하다, …을 누릴 자격이 있다
- announcement 명발(공)표, 소식, 공(광)고 동announce
- implement a cross-departmental circulation system: 부서간 순환 근무를 시행하다
- fair 형공정(타당)한 명박람(전시)회 명fairness
- procedural 형절차(상)의 명procedure
- eligible to run for public office: 공직(=official position)에 나갈 자격이 있는
- transparent 형투명(명백)한(=obvious) 명transparency
- implement 동시행하다(=carry out) 명도구(=tool, kit)
- the abolition of unreasonable procedures: 불합리한 절차의 폐지
- righteous 형옳은, 정의로운(=just) 명righteousness
- performance 명성과(능), 공연, 수행 동perform
- corrupt 형부정직한, 부패한, 타락한 명corruption
- negligent 형태만한, 부주의한 명negligence 동neglect
- observe 동준수(관찰)하다 명observance, observation
- inauguration 명취임(개업, 제막)식, 개시 동inaugurate
- requirement 명필요조건, 요건, 필요 동require

📢 Famous quotes in English

Perhaps the worst sin in life is knowing right
and not doing it

(아마 살면서 가장 최악의 죄는 옳은 것을 알면서도 행하지 않는 것일 것이다).

- Martin Luther King, Jr.

4.
Let's grow Financial Quotient

Nowadays it is more important to keep your assets than to make more money because of economic recession. Gone are the days when we could generate lots of profits just by putting money into deposits or installment savings accounts. Additionally, as we have entered the age of low interest and low prices, investment and loan management strategies have become far more complex than before. Here are three ideas to keep our assets in the age of low growth.

First, raise your financial quotient. FQ means the ability to obtain and manage your wealth by understanding how money works. Tax reduction and loan management are two very critical factors in keeping the value of real assets in the age of low interest rates and low growth. For example, we need to question the credibility of financial products that promise unreasonably higher interest rates than those of time deposit. In other words, we should give up unrealistic expectations and purchase financial products that are understandable in a low-interest context.

Second, pay more attention to debt repayment. Since there is growing concern about economic recession, you had better lower your debt level in advance rather than making excessive investment. Furthermore, it can be very dangerous for you to get a lot of loans because of economic volatility even if interest rates are low.

Lastly, keep the sum of principal and interest below 30% of your disposable income. Borrowing more than 30% of your income not only renders you vulnerable to volatility in interest rates, but also makes it harder for you to respond to the creditors' debt repayment request. That is because excessive household debts are like bombs that may explode at any time.

In conclusion, Korea is now going through the period of low interest rates and low growth. Consistent efforts to keep our assets are needed more than ever: raise financial quotient, pay more attention to debt repayment, and keep the loan amount within 30% of disposable income.

- asset 몡자(재)산(=property, wealth, possessions)

- recession 몡경기 후퇴, 불황(=depression, stagnation)

- generate 동발생시키다(=engender, cause) 몡generation

- deposit 몡예금(치), 착수(보증)금 동두(놓)다

- installment 몡분할 납부금, 할부(금), 1회분

- loan 몡대출, 융자, 대여 동빌려주다, 대출하다

- financial 혱금융(재정)의(=monetary) 몡동finance

- credibility 몡신뢰성, 신용(=confidence) 혱credible

- unrealistic 혱비현실(실용)적(=unreal, impractical)

- purchase 동매입하다(ex. ~ing process, ~ 과정) 몡구매

- debt 몡빚, 부채(=liabilities, payables, loan)

- repayment 몡상환, 변제 동repay(=pay back)

- concern 몡우려, 걱정(=worry, fear) 동관련되다

- excessive 혱지나친, 과도한 동exceed 몡excess

- volatility 몡변동(휘발)성, 변덕 혱volatile

- interest 몡이자(ex. ~ rate, ~율), 관심, 취미(=hobby)

- principal 몡원금, 학(총)장 혱주요한(된)

- disposable 혱가처분(일회용)의(=expendable)

- vulnerable 혱…에 취약한(=feeble) 몡vulnerability

- explode 동폭발하다 몡explosion(=outburst) 혱explosive

- growth 몡성장, 증가, 발달 동grow(=mature)

- consistent 혱일관된, 한결같은 몡consistency

📢 **Famous quotes in English**

I believe that one of life's greatest risks is
never daring to risk
(조금도 위험을 감수하려 않는 것이 인생에서 가장 위험한 일이라고 생각한다).

- Oprah Winfrey

5.

How to survive in the era
of the Fourth Industrial Revolution

Korea Employment Information Service(KEIS) in 2017 predicted that 61% of domestic workers would be replaced by AI Robots due to the development of artificial intelligence and robot technology in seven years. Even though humans dominate the world now, those who rule the world may change in the future. Therefore, a company should find ways to cope well with the rapid changes. Here are three ideas to survive in the era of the Fourth Industrial Revolution.

First, grow your connectional intelligence. Modern economy is characterized by oversupply. Connectivity is absolutely necessary in modern economy because connectional intelligence enables a company to thrive without tangible resources such as land, labor, and capital. For instance, Airbnb makes money by connecting travelers and accommodators that provide rooms, apartments, villas, etc. The company maintains the value of about 34 trillion won and offers 5.3 million accommodation listings to its customers worldwide.

Second, build a platform business model. It means a business model that creates value by facilitating exchanges between two or more independent groups, usually consumers and producers. For example, a clothing company in Spain operates a chain platform. It has entrusted Chinese manufacturers with all of its clothes production. Then the Chinese manufacturers get other manufacturers around the world to produce materials such as threads, buttons, and zippers. The Spanish company is generating the most profits among all participants in the production process, simply by operating a business platform. In other words, platform companies don't own the means of production; instead, they create the means of connection.

Lastly, be a creative dreamer. A dreamer means a person who spends a lot of time thinking about or planning events that are not likely to happen. According to Yuval Harari, a professor at the Hebrew University of Jerusalem, eighty to ninety percent of the knowledge that students are learning in school now will not be useful when they are in their forties. He insists that AI will push humans out of almost every occupation that exists. Therefore, in order to create original AI-related businesses, company members should develop their basic ability to collect and analyze big data.

Charles Robert Darwin, an English biologist, insisted that "An animal that survives is not a strong or clever one but one that adapts well to change." If we don't try to change in a whole new way by combining connectivity, platform, and creative thinking, we will be a loser in the future. We can be eternal winners if we try to cope well with the rapid changes in the era of Fourth Industrial Revolution.

······· **W**ords & phrases 해설 ·······

- employment 명고용, 직장 동employ(=hire)
- predict 동전망(예측)하다(=foresee, forecast) 명전망
- domestic 형국내(가정)의(=internal) 동domesticate
- artificial 형인공(조)의, 인위적인, 꾸민(=fake)
- dominate 동지배(군림)하다 명domination 형dominant
- oversupply 명공급 과잉, 범람(=flood) 동과잉 공급하다
- connectivity 명연결(성)(=connection) 동connect
- resource 명자원, 재료(원) 동자원을 제공하다
- accommodator 명숙박업을 하는 사람 동accommodate

- maintain [동]유지하다, 지키다(=preserve) [명]maintenance
- listing [명]목록, 명단, 리스트, 영화·공연 안내
- platform [명]승강장, 단상, 연(강)단(=rostrum)
- facilitate [동]촉진(가능하게)하다 [명]facility
- independent [형]독립(주체)적인, 자립한(=autonomous)
- entrust [동]위탁(위임)하다(=delegate) [명]entrustment
- materials such as threads, buttons, and zippers: 실, 단추, 지퍼 같은 자재들
- generate [동]발생시키다(=engender, cause) [명]generation
- insist [동]주장(고집)하다 [형]insistent [명]insistency
- occupation [명]직업(=profession) [동]차지(사용, 점유)하다
- exist [동]존재하다, 살아가다 [명]existence [형]existing
- adapt [동]적응(조정)하다 [형]adaptive [명]adaptation
- cope [동]대응(대처)하다(=manage, handle) [명]덮개(=cover)
- eternal [형]영원한(=everlasting, perpetual) [명]eternity

📢 Famous quotes in English

Everything you can imagine is real

(상상할 수 있는 것은 모두 실제로 있다).

- Pablo Picasso

6.
Let's keep good relationships
with Millennials

It won't take long time for Millennials to be in the main-stream of our society. Their thoughts and ways of life seem to be unique and so different from older generations. They are the new generation that have outstanding digital compe-tence in the age of technological convergence with emphasis on AI, big data, and IoT. Now we can face some difficulties in corporate management if we don't understand Millenni-als, the principal entities in production and consumption. We need to understand thoroughly Millennials being at the center of future society because understanding them is the core of business success. Here are three ideas to keep good relationships with Millennials.

First, solve problems that annoy the new generation. In commerce, for example, companies should provide a one-stop service so that consumers don't need to wait in front of the cashier to check things out. Amazon Co. in the US operates Amazon Go, an unmanned store with no physical checkout and hence no queues. It is a new kind of store using the most advanced shopping technology. Alibaba Co. in China also launched a futuristic supermarket in 2015, Hema Xiansheng, which offers free 30-minute delivery and facial recognition payment service.

Second, provide interesting contents. Millennials are only interested in contents that are fun, whether those are for education, for information, or simply for communication. In case of home shopping, broadcasters come up with fun and various contents because they are not subject to strict regulations. These contents are more like entertainment programs than advertisements. When viewers ask the host to sing, they sing and dance instead of trying to sell the products.

Lastly, offer simpler products and services. Nowadays, there are a variety of ready-made food products in convenience stores that captivate the taste buds of Millennials. They prefer HMR(Home Meal Replacement), which comes in large quantity and tastes good considering its price. Millennials do not need to look for a restaurant's phone number and call it when they order food. They finish all procedures from ordering to payment using a delivery application at no cost.

In conclusion, Millennials tend to seek convenience and pursue pleasure in life. They prefer simpler kinds of food that are more accessible and easier to cook. Therefore, if we want to maintain good relationships with Millennials, we should consistently put the above three ideas into practice: solve the problems that new generation think of as annoying, provide interesting contents, and offer simple products and services.

Words & phrases 해설

- be in the main stream of our society: 우리 사회의 주류가 되다
- unique [형]독특(특별)한, 고유의(=single, peculiar)
- generation [명]세대, 발생 [동]generate [형]generational
- outstanding [형]뛰어난, 두드러진(=prominent, leading)
- competency [명]능력(=competence) [형]competent
- convergence [명]융(집)합, 수렴 [동]converge
- corporate [형]기업(법인)의 [명]corporation
- principal [형]주요한(된), 제일의 [명]총(학)장, 원금
- the core of business success: 사업 성공의 핵심
- annoy [동]귀찮게(짜증나게) 하다(=irritate, bother)
- provide [동]제공하다, 주다(=furnish) [명]provision
- operate [동]운영(가동, 운용)하다(=run) [명]operation

- unmanned 혱무인의(=manless, ↔manned) 통unman
- queue 몡줄(=line), 대기 행렬 통줄을 서다(=line up)
- advance 통발(진)전하다(=progress) 몡advancement
- launch 몡통출시(하다)(ex. a new product ~, 신상품 ~)
- futuristic 혱미래의 몡future(ex. ~-oriented, ~ 지향의)
- offer 통제공(제안)하다(=provide, furnish) 몡제의(공)
- facial recognition technology: 얼굴 인식 기술
- various 혱다양한, 여러 가지의(=diverse) 몡variety
- regulation 몡규제 통regulate(=control)
- entertainment 몡오락(물), 여흥, 연예 통entertain
- advertisement 몡광고(행위) 통advertise(=publicize)
- offer 통제공(제안)하다(=provide, furnish) 몡제공(의)
- captivate 통매혹(유혹)하다(=fascinate) 몡captivation
- the taste buds of Millennials: 밀레니얼의 입맛
- convenience 몡편리, 간편 혱convenient(=easy, handy)
- application 몡적(응)·용, 지원서 통apply 혱applicable
- pursue 통추구(추적)하다(=seek for) 몡pursuit
- prefer 통선호하다 몡preference(=favor) 혱preferable
- accessible 혱접근(이용)가능한 통몡access(↔egress)
- maintain 통유지(주장)하다(=insist) 몡maintenance
- consistently 뿐지속해서 혱consistent 몡consistency

📢 Famous quotes in English

If you obey all the rules, you miss all the fun
(규율을 모두 따르면, 즐거움을 모두 놓치게 된다).

- Katharine Hepburn

7.
Let's enjoy it if we can't avoid it

Emotional labor is the process of managing feelings and expressions to fulfill the emotional requirements of a job. An emotional worker tries to regulate his emotion during interactions with his customers, co-workers and superiors. Emotional labor is prevalent in service industries such as banks, hotels, hospitals, department stores, and airports.

An emotional worker is forced to hide his personal feelings in the workplace no matter how upset he is. He is under severe stress because he works under constant tension. Also, his work efficiency is prone to deterioration because he is always exhausted from human interactions. Therefore, emotional workers need to make special efforts to maintain happy work life and satisfy their customers.

First, have a pleasant conversation with customers. Customers will be touched if emotional workers show them genuine smiles rather than fake ones. When customers see a smile with sincerity, they will be pleased. They will respect the emotional worker as well. In fact, what a service worker says affects customers, and the emotions they experience come back to him.

Therefore, an emotional worker should use more positive adjectives while having a conversation with his customers, namely 'healthy', 'helpful', and 'fulfilling', so that customers can feel pleasant. That is because sending negative messages to customers does not help him solve his problems.

Additionally, relax in your own way. Relaxation means the feeling of being relaxed. The amount of energy that a person can use is fixed. The energy should be distributed or replenished well during the break. In fact, an emotional worker's tension throughout work isn't good for either himself or his customers. Emotional workers can concentrate more during their working time if they regularly relax in ways that are best for them.

In conclusion, it is said that a person need to enjoy something if he can't avoid it. In other words, emotional workers should treat customers with kind voices, bright smiles, and refined services. Once an emotional worker understands his customers, he would want to help them with his whole heart.

The spirit of service enables emotional workers to share joy and sadness with their customers. It also gives emotional workers happiness and satisfaction in their busy work life. Accordingly, I hope that emotional workers can make a happy and confident work life by practicing consistently the above two ideas.

Words & phrases
해설

- emotional [형]감정의(적인), 정서의 [명]emotion(=feeling)
- fulfill [동]이행(수행)하다(=perform) [명]fulfillment
- requirement [명]필요(조건), 요건 [동]require
- regulate [동]조절(규제)하다(=control) [명]regulation
- interaction [명]상호 작용, 대화 [동]interact
- prevalent [형]일반적인(=common, widespread) [동]prevail
- hide [동]숨기다, 감추다(=conceal, veil) [명]은신처
- upset [형]마음이 상한, 분한(=angry) [동]속상하게 하다
- severe [형]심각(엄격, 가혹)한(=harsh, stern)
- constant [형]끊임(변함)없는 [명]정수, 불변성(=constancy)
- efficiency [명]효율(유효성) [형]efficient [부]efficiently
- prone [형]…하기 쉬운(=liable, be ~ to)
- pleasant [형]즐거운(=enjoyable) [명]pleasure [동]please

- genuine 웹진심어린, 진실한(=authentic) 웹genuineness
- sincerity 웹(진)정성, 성의(=earnestness) 웹sincere
- affect 용영향을 미치다(=influence) 웹affection
- experience 용경험하다 웹경험(력)(ex. work ~, 근무 ~)
- positive 웹긍정적인(=affirmative, ↔negative) 웹긍정
- fulfilling 웹성취감을 주는(ex. a ~ life, ~ 삶) 용fulfill
- relaxation 웹휴식, 이완(=rest) 웹relaxing 용relax
- distribute 용분배(배부, 유통)하다 웹distribution
- replenish 용보충하다(=supplement) 웹replenishment
- tension 웹긴장 상태, 갈등(ex. create ~, ~을 야기하다)
- concentrate 용집중하다(=focus on) 웹concentration
- avoid 용회피(모면)하다, 막다(=dodge) 웹avoidance
- refined 웹세련(정제)된, 고상한 용refine 웹refinement
- satisfaction 웹만(흡)족 용satisfy 웹satisfactory
- confident 웹자신감 있는 웹confidence 용confide
- consistently 윈지속해서 웹consistent 웹consistency

📢 Famous quotes in English

Happiness is not out there, it's in you
(행복은 바깥에 있는 것이 아니라 바로 당신 안에 있다).

- 작자 미상

8.
The flowing water is humble

Water always flows without stopping. Running water is always new. Though the two may seem identical, today's water is not that of yesterday. It means that water is constantly renewed although it is seemingly constant.

Water can penetrate rock even though there is nothing softer or weaker than it in the world. But when the flowing water meets the rock, there is room to go back without trying to pierce it. Everyone wants to take shortest path to get to their destination. You had better not hurry up in some cases. It is often faster to go back a few steps in your life.

Water benefits all things, but it does not boast its own merit. Water avoids high places and constantly goes down to lower places. Because water is so humble, it is welcomed anywhere. Eventually, humility leads you to the true success and happiness of life.

- flow 동흐르다(=run) 명흐름(ex. cash ~, 현금 ~)
- seem 동…인 것처럼 보이다 부seemingly 형seeming
- identical 형똑같은, 동일한(=equal, same) 명identity
- constantly 부항상 형constant(=fixed) 명constancy
- renew 동갱신(연장, 재개)하다(=resume) 명renewal
- penetrate 동관통(침투)하다(=infiltrate) 명penetration
- pierce 동뚫다, 찌르다(=penetrate, stab) 형piercing
- destination 명목적(도착, 행선)지(=finish line)
- benefit 동유익하다 형beneficial(=advantageous, useful)
- boast 동뽐내다, 자랑하다(=show off) 명자랑, 뽐냄
- avoid 동회피(모면)하다, 막다(=elude) 명avoidance
- humble 형겸손(초라)한(=modest, lowly) 명humility
- meaningful 형의미 있는 명meaning(=signification) 동mean

📢 Famous quotes in English

The superior man is modest in speech,
but exceeds in his actions
(위대한 사람은 말은 겸손하지만, 행동이 남보다 뛰어나다).

- 공자

참고자료

도서

- 강형기, 『논어의 자치학』, 비봉출판사, 2006.
- 스튜어트 프리드먼, 『와튼스쿨 인생특강』, 홍대운 옮김, 비즈니스북스, 2013.
- 이순신, 『난중일기』, 이은상 옮김, 지식공작소, 2014.
- 이은형, 『밀레니얼과 함께 일하는 법』, 메디치미디어, 2019.
- 임홍택, 『90년생이 온다』, 웨일북, 2018.
- 지용희, 『경제전쟁시대 이순신을 만나다』, 디자인하우스, 2003.
- 최길현, 『끝까지 살아남기』, 도야, 2018.
- Jeff(현장원), 『제프스터디 영어명언 100강』, 길벗 이지톡, 2014.

보도자료

- 맥킨지 "디지털 혁신 도전 기업 70%가 실패한다", 중앙일보, 2019. 10. 8.
- 이광형의 퍼스펙티브 "교육·창업·일자리 사다리 없이는 대한민국에 미래 없다", 중앙일보, 2019. 12. 24.
- 최승호의 생각의 역습 "행복의 한계 효용", 중앙Sunday, 2014. 6. 15.
- 허창수 "장기 경기침체 우려 커져...다양한 시나리오별 대응 전략 짜야", 중앙일보, 2019. 10. 17.

그외

- 코메디닷컴, "걷기 운동으로 얻을 수 있는 건강효과 6", 2019. 8. 25.
- 네이버 영어사전.
- 송진구, "4차 산업혁명과 우리의 미래", 안동MBC 〈TV 특강〉, 2019. 9. 16.
- 신용보증기금 사이버아카데미, "4차 산업혁명, 바로 알기", 2018. 11. 7.
- 신용보증기금 사이버아카데미, "감정케어, 상처받지 않은 것처럼 당당하게 일하라", 2019. 12. 13.
- 신용보증기금 업무수첩, 2020. 1.